पेंगुइन स्वदे

एक सवाल

अमृता प्रीतम पंजाबी के सबसे लोकप्रिय लेखकों में से एक थी। अमृता प्रीतम का जन्म 1919 में गुजरांवाला पंजाब (भारत) में हुआ। उनका बचपन लाहौर में बीता और शिक्षा भी वहीं हुई। किशोरावस्था से उन्होंने लिखना शुरू किया। उन्होंने सौ से अधिक कविताओं की किताब लिखी, साथ ही फिक्शन, बायोग्राफी, आलेख और आटोबायोग्राफी लिखकर साहित्य में नया मुकाम हासिल किया। इनकी तमाम पुस्तकों का कई भारतीय भाषाओं सहित विदेशी भाषाओं में भी अनुवाद हुआ। अमृता प्रीतम पहली महिला लेखिका हैं, जिन्हें 1956 में साहित्य अकादमी पुरस्कार मिला। 1982 में उन्हें काग़ज़ ते कैनवास के लिए ज्ञानपीठ पुरस्कार मिला। 2004 में पद्मविभूषण भी प्रदान किया गया।

एक सवाल

अमृता प्रीतम

पेंगुइन स्वदेश
पेंगुइन रैंडम हाउस इंप्रिंट

पेंगुइन स्वदेश

यूएसए। कनाडा। यूके। आयरलैंड। ऑस्ट्रेलिया। सिंगापुर
न्यू ज़ीलैंड। भारत। दक्षिण अफ्रीका। चीन

पेंगुइन स्वदेश, पेंगुइन रैंडम हाउस ग्रुप ऑफ़ कंपनीज़ का हिस्सा है,
जिसका पता global.penguinrandomhouse.com पर मिलेगा

पेंगुइन रैंडम हाउस इंडिया प्रा. लि.,
चौथी मंज़िल, कैपिटल टावर-1, एम जी रोड,
गुरुग्राम 122 002, हरियाणा, भारत

पेंगुइन
रैंडम हाउस
इंडिया

प्रथम हिन्दी संस्करण हिन्द पॉकेट बुक्स द्वारा 1969 में प्रकाशित
प्रस्तुत हिंदी संस्करण पेंगुइन स्वदेश में पेंगुइन रैंडम हाउस द्वारा 2026 में प्रकाशित

10 9 8 7 6 5 4 3 2

ISBN 9789353495466

मुद्रकः रेप्रो इंडिया लिमिटेड

www.penguin.co.in

FSC
www.fsc.org
MIX
Paper from
responsible sources
FSC® C047271

This is a legitimate digitally printed version of the book and therefore might not
have certain extra finishing on the cover.

एक सवाल

'उठ दीप! ···

'उठ दीप, मेरी तबीयत ठीक नहीं है···'

जगदीप मां की आवाज़ सुनकर चौंक पड़ा। मां उसके माथे को सहला रही थी और उसका मुंह पीला पड़ गया था। दस बरस का जगदीप आंखें मसलते हुए मां के आलिंगन में चला गया।

'धीरे लाल, धीरे—मुझे बड़ी पीड़ा है···' मां ने खाट की बांही को हाथ से कसकर पकड़ लिया—'फिर मैं शायद अपने हाथों तुझे कुछ खिला भी सकूं कि न! ···जा, मेरे सूरज! कुएं पर एक डुबकी लगाकर मेरे पास आ जा।' मां कांपती हई खाट की बांही से उठकर बैठ गई, फिर सामने दालान में रखी पीढ़ी पर बैठकर दूध बिलोने लग गई।

जगदीप बस कुएं पर गया, लौटा, और फिर मां के पास आकर कहने लगा, 'अगर तू ठीक नहीं मां, तो चाची से दूध बिलोने को कह दो न!'

'चाची से ही कहूंगी लाल! आज तू घूंट-भर मेरे हाथों पी ले।'

पिछले तीन दिन से मां को कोई पीड़ा उठी थी। गांव के हकीम ने पहले हरीड़ दी, फिर दूध में घोलकर कोई पुड़िया दी, और अब कल रात के समय कह रहा था:

'मजीठे से डाक्टर को बुलवा लो, यह तो एक अजीब-सी

बीमारी मालूम होती है।'

'मां सदके, ले यह घूंट भी पी ले···' मां ने फिर कहा और दीप ने कटोरे में बच रहे घूंट को पी लिया।

मां सच कह रही थी। इस क्षण के पश्चात् वह कभी पीढ़ी पर नहीं बैठी। खाट पर से उठकर बैठ जाना अब उसके बस की बात नहीं रही थी। दुपहर तक दीप का बापू घोड़े पर जाकर मजीठे से डाक्टर ले आया। मजीठा उनके सोहियां कलां गांव से कोई तीन कोस पड़ता था।

'मुझे तो रसौली का शक होता है, आप्रेशन के बिना और कोई चारा नहीं।' कोई आध घंटा लगाकर डाक्टर ने कहा।

'मैं शहरों में रुलने के लिए नहीं जाऊंगी। मैं कहीं नहीं जाऊंगी, मरूंगी तो अपने घर ही मरूंगी···!' दीप की मां ने एक ही बात पकड़ ली।

'अच्छा, आज का दिन दवाई देकर देख लेते हैं। मुझे कल सुबह ही इतलाह करना।' डाक्टर ने टीका लगाया, दवाई दी और लौट गया।

कोई दो घंटे मां टिक गई। दीप सुबह से ही मां की खाट के पास से हिला-डुला नहीं था। चाची ने आकर कहा :

'जा बेटा, खेल जाकर, मां को कोई आंच नहीं आएगी।'

चाची असल में दीप की मौसी लगती थी। दोनों बहनें एक ही घर में ब्याही हुई थीं, दोनों भाइयों को। बेशक वह दीप की चाची कहलाती थी, पर उसका प्यार मौसी का था। दीप ने चाची के मुंह की ओर ध्यान से देखा। चाची के मुंह पर इतनी घबराहट नहीं थी। दीप ने संतोष की सांस ली और बाहर खेलने निकल गया।

जब सांझ होने पर दीप घर की दहलीज़ लांघकर अन्दर घुसा तो मां की चीखें बाहर आंगन में सुनाई पड़ती थीं। दीप मां की

खाट की ओर भागा। चाची तवे पर से रुई सेंक-सेंककर मां को टकोर कर रही थी, और दीप का बापू दवाई की खुराक कटोरी में डालकर मां को देने लगा था।

दीप वैसे का वैसे दरवाज़े के साथ लगा रहा, और मां कोई आध घंटा चीखों के साथ घुलती रही, फिर धीरे-धीरे पीड़ा सोती गई। और जब फिर मां की सांस आई, कमरे के अंधेरे को टटोलते हुए मां ने कहा:

'मेरा दीप कहां है?'

'यह रहा, बेचारा घंटों से खड़ा है···,' चाची ने दीप का हाथ पकड़कर मां की खाट की ओर कर दिया।

'मेरा कमल फूल···तू रो क्यों रहा है, पागल है क्या! कुछ खाया भी है कि नहीं, जा चाची से लेकर दो कौर खा ले···।'

दवाई का नशा मां के अंगों को चढ़ता जा रहा था, और फिर आधी से ज़्यादा रात सोते हुए गुज़र गई।

सवेरे का पहला पहर फिर मां की चीखों के साथ चढ़ा—फिर पीड़ा का घंटा जैसे सूइयां बीन-बीनकर गुज़ारा हो और फिर दवाई के नशे से मां बेसुध हो गई।

अगली दुपहर को मां ने दीप को बुलाकर कहा, 'जा, जाकर नूरां की मां को बुला ले, और कहना जल्दी चली आए।'

नूरां का घर दूर नहीं था। दीप पिछले पैर लौट आया। पीछे-पीछे नूरां की मां आ गई और साथ में सात-आठ बरस की नूरां भागी आ रही थी।

'मैं तो अभी नूरां की ननिहाल से लौटी हूं, और आते ही सुना कि शाहणी बीमार है, इतने में दीप जा पहुंचा। कहते हैं शहर से डाक्टर भी आया था। साईं! हमारी शाहणी को ज़रा भी आंच न आए···!' नूरां की मां को सूझता नहीं था, और क्या कुछ कहे, उसकी आवाज़ रुंध गई।

'बेगम, दम का क्या भरोसा···अभी सांस आती है और अभी होश नहीं रहती। मैंने तेरी अमानत लौटानी है···' दीप की मां ने हाथ पकड़कर बेगम को खाट पर बैठा लिया।

'कैसी अमानत शाहणी, तुझे कुछ नहीं होगा···'

'फिर भी बेगम···कोई लिखा-पढ़ी भी तो नहीं है···।'

'हमारी तो, शाहणी, दुनिया तेरे साथ आबाद है···'

'इधर आ न दीप! यह ले चाबी···और पिछली कोठरी में से लोहे का सन्दूक खोलकर लक्कड़ का डिब्बा निकाल ले आ···!'

बेगम मना करती रही, पर मां ने जगदीप के हाथ चाबी पकड़ा दी, और वह सन्दूक में से डिब्बा निकाल ले आया। मां ने कांपते हाथों से डिब्बा खोला:

'तेरी अमानत बेगम!'

'तेरे बिना हमारा कौन है शाहणी!' बेगम ने आंचल के किनारे से आंखें पोंछ लीं, और फिर कहा, 'तुझे खैर-मेहर है शाहणी, मैं कुछ नहीं ले जाऊंगी, मुझे अल्लाह पर भरोसा है···'

'न बेगम, फिर ज़िन्दा रही तो···!' मां को फिर पीड़ा शुरू हो गई और आभूषणों की पोटली बेगम के हाथ पकड़ाते हुए उसने कहा, 'सब कुछ अच्छी तरह से देख ले···और दीप, जा यह डिब्बा रखकर सन्दूक को बंद कर आ।···'

जगदीप ने लौटकर जब मां को चाबी पकड़ाई, तो पीड़ा से उसका छत को हाथ पड़ता था।

'मैंने सितारों से मढ़ा हुआ दुपट्टा दीप की बहू के लिए रखा था···और चांदी के घुंघरुओं वाली पाजेबें···! मैंने उसका मुंह नहीं देखना था···! झिलमिलाती-सी मेरे दीप की बहू···छन-छन करती मेरे दीप की बहू···ऐसी मेरी किस्मत ही कहां बेगम···!' मां की चीखें बढ़ती गईं और विलाप भी बढ़ता गया।

'मैं दुनिया की चीज़े संभालती थी बेगम···आज अपनी चीज़

दुनिया को दिए जा रही हूं···मेरी अमानत···मेरा दीप···!' मां का दिल उसके होंठों पर बिलख रहा था।

जगदीप का बापू घोड़े पर से उतरा, साथ में डाक्टर आया था। मां को पन्द्रह-पन्द्रह मिनट बाद टीका लगा और फिर चीखें मद्धिम पड़ती गईं और मां को दवाई का नशा चढ़ता गया।

'रो क्यों रहा है लाल···!' चाची ने आकर जगदीप को प्यार किया और कहा, 'भगवान का नाम ले, जाने उसके मन में तरस आ जाए···बच्चों की बात वह नहीं टालता···।'

'आ लाल, बाहर आ जा, शाहणी टिक गई है, शायद क्षण-भर टिकी रहे।' बेगम ने जगदीप का बाज़ू पकड़ लिया।

दीप वहीं का वहीं खड़ा रहा। वह ज़मीन उसे जैसे हिलने नहीं दे रही थी।

बाहर आंगन में शाह ने डाक्टर के लिए खाट डाल दी। आज की रात शाह ने डाक्टर को अपने गांव में ही रहने के लिए कहा था। सब औरतों को डाक्टर ने कमरे में से बाहर आ जाने को कहा।

'बच्चा मासूम है, गम खाएगा। उसे कहो, बाहर जाकर खेले।' बेगम ने कहा।

चाची मिन्नतें करती रही, पर जगदीप ने बात अनसुनी कर दी। जगदीप के कानों में चाची का वह बोल अटका हुआ था: भगवान् का नाम ले, जाने उसके मन में तरस आ जाए···बच्चों की बात वह नहीं टालता।···और जगदीप ने सोचा, वह एक ही जगह पर खड़ा भगवान की मिन्नतें किए जाएगा··

संध्या का अंधेरा घिर आया। चाची ने कमरे में दीया जलाया। जगदीप वहीं का वहीं खड़ा हुआ था।

'लड़के को कुछ हो न जाए···पत्थर का पत्थर बना खड़ा है।' चाची ने बाहर आकर कहा।

'मेरी तो बात सुनता नहीं, मिन्नतें कर रही हूं···सवेरे से पानी

का घूंट तक नहीं पिया···।' चाची ने फिर कहा।

मां वैसे की वैसे बेसुध पड़ी हुई थी। जगदीप वैसे का वैसा दरवाज़े की ओट में खड़ा था।

फिर जगदीप को लगा, एक छोटे-से हाथ ने उसका हाथ खींचा। दोनों आंखें बन्द करके जैसे वह आराधना में खोया हुआ था। उसे लगा कि जैसे भगवान ने उसकी सुन ली थी। चौंककर उसने आंखें खोलीं। नूरां उसका हाथ पकड़कर बाहर को खींच रही थी।

फिर बेगम चली गई। हाल-हवाल पूछने आए दूसरे लोग भी चले आए। चाची ने तंदूर में रोटियां सेंकीं। किसीने आधी खाई और किसीने उससे भी कम, और चाची ने कमरे में से आकर कहा, 'बहन की सांस अटक रही है···।'

सबमें भगदड़ मची हुई थी, पर चीखें अब सुनाई नहीं पड़ रही थीं। जगदीप को लगा: यूं ही सब घबरा रहे हैं। अब तो मां को कोई पीड़ा नहीं। मैंने भगवान की बड़ी मिन्नतें की हैं···वह बच्चों की बात टालता नहीं···

न पीड़ा उठी, चीखें सुनाई दीं। रात गहरी होती गई। जगदीप हैरान था, मां को कोई पीड़ा नहीं थी, पर डाक्टर न सोता है, और न घरवाले सोते हैं। चाची की आवाज़ एक बार फिर सुनाई दी, 'कोई-कोई सांस आ रही है अभी······'

फिर जैसे सारे घर की चीखें आधी रात के सीने को चीर गईं। जगदीप ने देखा, सभी चीख रहे थे, पर उनमें मां की चीख कोई नहीं थी। पूरा सप्ताह बीत गया था। मां की चीखों से सब घबराते थे, जब कभी चीखें रुक जाती थीं, घर वाले संतोष की सांस लेते थे। आज मां की चीखें रुक गई थीं, पर सारे घर के लोगों की चीखें निकल गईं।

'मेरे लाल······!' चाची ने आकर जगदीप को सीने से भींच

लिया, 'अब मां तुझे कहां मिलेगी······ !'

जगदीप की दोनों मुट्ठियां भिंच गईं, 'भगवान किसीकी नहीं सुनता, बच्चों की भी नहीं सुनता······।'

2

सारे घर के लोग ऐसे पड़े हुए थे जैसे सीपों ने अपनी तह में लिपटा हुआ मोती खो दिया हो, और अब छिलकों की तरह धरती पर गिरी पड़ी हों।

गांव की रीति थी, जिस घर का कोई मर जाए, उसके घर का चूल्हा ठंडा रहता था, घर की बहओं के मैकेवाले उस दिन की रोटी भेज देते थे। जो कौर किसीने खाना होता, खा लेता।

दीप की चाची जब रोटी देने चौके में गई, उसकी आले में नज़र पड़ी।

'बहन के हाथों की पकी हुई दो रोटियां···'

'पूरा सप्ताह बीत गया है, बहन ने जब अन्तिम बार तंदूर सुलगाया था। ये दो रोटियां बच रही थीं, उठाकर उसने आले में रख छोड़ी थीं कि सुबह पशुओं को डाल देगी। फिर ऐसी भगदड़ मची कि किसीको होश ही नहीं रहा। वहीं की वहीं पड़ी हुई हैं, सूखकर लकड़ी बन गई हैं···इन्सान कहीं चल देते हैं, चीज़ें रह जाती हैं···।'

दीप के कान में चाची की आवाज़ पड़ी और वह आकर आले के पास खड़ा हो गया।

'कैसे मुंह उतर गया है मेरे बेटे का···इधर आ, मैं तुझे रोटी दूं···।' चाची ने कहा और थाली में दीप को रोटी डाल दी। चौके में ही दीप के लिए मूढ़ा बिछा दिया।

'खाता क्यों नहीं मेरे लाल··· !' चाची ने खामोश बैठे दीप से

कहा।

'खा लूंगा··· तू जा···।'

चाची सबके लिए थाली परोसती गई और बाहर आंगन में सबके आगे रखती गई।

सब अपने ध्यान में लगे थे। दीप ने अपने आगे पड़ी थाली को अभी छुआ तक नहीं था। फिर दीप ने देखा, इस समय उसे कोई नहीं देख रहा था। अडोल उठा और पाले में पड़ी दोनों रोटियां उठाकर उसने अपनी कमीज़ के नीचे छिपा लीं और फिर आंगन में से होता हआ बाहर की गली में खो गया।

गांव के बाहर एक बहुत बड़ी बेरी थी। दीप जैसे वहां पहुंचने के लिए उतावला-सा हो रहा था। दीप ने कमीज़ के नीचे ढकी रोटियों को बाज़ू से दबाकर ज़ोर से भींच रखा था। और फिर वह बेरी के नीचे पहुंच गया।

दोनों रोटियां उसने कमीज़ के नीचे से निकाल लीं, और बेरी की जड़ का सहारा लेकर वह बैठ गया। अंधेरा सघन था, दीप रोटियों की ओर देख रहा था। अंधेरे में उसे दिखाई नहीं देता था, पर वह देखता रहा, देखता रहा···

फिर दीप को लगा, वह संध्या नहीं थी, दुपहर का समय था और वह अपने हमजोलियों के साथ मिलकर बेरी पर से लाल बेर झाड़ रहा था। बेर झाड़-झाड़कर उसने हमजोलियों की झोलियां भर दीं, और बेर चुन-चुनकर उसकी अपनी झोली भी भर गई।

मां की आवाज़ सुनाई दी: 'सुबह से बिना कुछ खाए-पीए निकला हुआ है। मां मरे, रोटी तो खा लो···!'

और सब लड़कों से परे ले जाकर मां ने उसे बेरी के नीचे बिठा लिया। फिर मां ने अपना दुपट्टा उतारकर उसके सिर पर दे दिया, और मक्खन में चुपड़ी हुई रोटी उसके आगे रख दी···

दीप ने रोटी का कौर तोड़ा, रोटी मक्खन की तरह उसके मुंह

में घुल जाती थी। जाने आज क्या हुआ था, लकड़ी के टुकड़े की भांति आज रोटी उसके मुंह में चुभने लग गई···

हाथ से दुपट्टा परे करके जैसे दीप ने मां से कुछ पूछना चाहा।

'मैं हूं दीप···।' नूरां की चुनरी ढिलककर दीप के मुंह पर आ पड़ी थी, नूरां ने हाथ से परे सरका दी।

'तू···?'

'मैं नूरां हूं···'

'मां कहां है?'

'··········'

नूरां खामोश हो रही और फिर कहने लगी:

'तू रो रहा है!'

'नहीं तो···।'

'रो तो रहा है।'

'मां कहां है?'

'············'

नूरां फिर खामोश हो रही।

'तू कहां से आई है?'

'तुझे मैंने इधर आते हुए देखा था। तू इतने अंधेरे यहां क्यों आया है?'

'यहां अभी मां भी आई थी।'

'यहां?'

'हां, मैंने खुद देखा है। उसने मेरे सिर पर दुपट्टा दिया था··· और···'

'तू पागल हो गया है दीप!'

'नहीं तो···।'

'यह झोली में क्या रख छोड़ा है?'

'रोटी।'

‘रोटी?’ और नूरां ने हाथ लगाकर देखा, लकड़ी के टुकड़ों की तरह दो सूखी रोटियां थीं।

‘कहां से ले आया यह?’

‘घर से···।’

‘इतनी सूखी हुई?’

‘चाची कहती थी कि ये मां के हाथ की पकी हुई हैं।’

‘तूने आज रोटी नहीं खाई?’

‘अभी मां ने दी थी, खाने बैठा था···फिर···।’

‘तू पागल हो गया है!’

‘नहीं तो।’

‘मां तो मर गई।’

‘मां को मैंने अभी देखा था···।[3]

‘ऐसे ही तुझे वहम है दीप–यहां आकर मां तुझे रोटी खिलाया करती थी न, दुपट्टे से ढंककर···।’

दीप ने फिर भी कुछ नहीं कहा।

‘तूने आज रोटी नहीं खाई न?’

दीप ने कुछ जवाब नहीं दिया।

‘मुझे पता है कि तूने कुछ नहीं खाया,’ और फिर नूरां ने झिझकते हुए कहा, ‘तू मेरे हाथ की रोटी खा लेगा?···हमारे घर की···?’ और नूरां ने अपने आंचल में बांध रखी नर्म-सी रोटी निकाल ली, ‘मां कोठे पर से ईंधन संभालने में लगी हुई थी कि मैं चंगेर में से रोटी निकालकर ले आई।’

जगदीप उसी तरह बेरी का सहारा लिए हुए बैठा था, उसने एक बार मुंह उठाकर नूरां की ओर देखा।

‘तू तो रो रहा है···?’ अंधेरे में से भी नूरां को दीप का भीगा हुआ मुंह दिखाई पड़ गया, और वह दीप के पास बैठ गई और उसने अपने आंचल से दीप का मुंह पोंछा।

'थोड़ी-सी रोटी खा ले···।'

दीप ने कौर तोड़ा और मुंह में डाल लिया।

'किसीको बताना नहीं, नहीं तो तुझे मार पड़ेगी, और साथ मुझे भी···।'

'क्यों?'

'हम मुसलमान हैं न।'

'तो फिर क्या हुआ?'

'कहते हैं, खुदा रूठ जाता है।'

'खुदा कोई नहीं होता।' दीप ने दूसरा कौर भी तोड़ लिया।

'इस तरह से नहीं कहते।'

'क्यों?'

'खुदा रूठ जाता है।'

'तो रूठ जाए।'

'फिर तू वही कहने लगा!'

'जानता हूं, खुदा कोई नहीं।'

'तुझे कैसे मालूम है?'

'वह होता तो मेरी बात न सुनता?'

'तूने उसे क्या कहा था?'

'मैंने उसे कहा था कि मेरी मां को न मारना।'

'तूने उसे कब देखा था? वह दिखाई थोड़े ही देता है!'

'पर क्या उसे सुनाई भी नहीं देता?'

'मैं क्या जानूं!'

फिर दोनों खामोश हो रहे। कौर-कौर करके दीप ने नूरां की लाई हुई रोटी खा ली।

'इन रोटियों को क्या करेगा?' फिर नूरां ने दीप की झोली में पड़ी दो सूखी रोटियों को हाथ में लेकर कहा।

'खाऊंगा।'

'ये खाई थोड़े ही जाएंगी।'

'टूक-टूक कर खा लूंगा।'

'नहीं दीप।'

'फिर?'

'इन्हें बो दें।' नूरां ने सोच-सोचकर कहा।

'रोटियां भी कभी उगी हैं नूरो?'

'रोटियां तो नहीं उगतीं, पर साथ हम बेरों का बीज डाल देंगे, या आम की गुठली लगा देंगे,...... फिर बेरों में रोटियों का रस आ जाएगा......।'

'बात तो ठीक है नूरां...।' दीप जैसे उछल पड़ा और कहने लगा, 'चल फिर बोएं।'

'अभी कैसे बोएंगे?'

'एक गढ़ा खोद लेते हैं।'

'खुर्पा तो कोई नहीं है।'

'मैं हाथों से खोद लूंगा।'

'बीज भी तो नहीं हैं, आम भी नहीं...।'

'बरगद की टहनी तोड़कर लगा देते हैं।'

'पर उसका फल क्या खाएंगे?'

'न सही, बड़ा होगा, तो उसकी छाया बन जाएगी।'

'अच्छा।'

'चल फिर गढ़ा खोदें।'

'चल ऊपर से सावन का महीना आ रहा है, परसों मां कहती थी कि बारिश के मौसम में बीज डालें तो वह बहुत जल्दी उग आता है।'

'कौन-सी जगह अच्छी है नूरां?'

'जो तू कहे।'

'नहीं, जो तू कहे।'

'धर्मशाला के पिछवाड़े में बड़ी जगह है।'

'वहां मैं नहीं जाऊंगा।'

'क्यों?'

'वहां लोग भगवान् का नाम लेते हैं।'

'फिर क्या हुआ?'

'मैं उसका नाम नहीं सुनूंगा।'

'फिर तू ही बता, कहां बोएं?'

'तेरे घर के पीछे भी तो बहुत जगह है।'

'है तो सही।'

'चल, वहां चलें।'

'चल······मैं वहां पानी भी रोज़ दे दिया करूंगी।'

जगदीप ने एक बरगद से उसकी वह शाखा तोड़ ली जिसकी गांठें फूटी हुई थीं। नूरां ने दोनों रोटियां उठा लीं और दोनों जब नूरां के घर के पीछे आए तो नूरां ने कहा—'तू यहीं खड़ा रह। मैं भागकर घर से खुरपा ले आती हूं और साथ पानी का डोल भी।'

3

छोटा-सा बरगद तीन बरस का हो गया था, नूरां ग्यारह और जगदीप तेरह बरस के।

एक दिन जगदीप की चाची सूत अटेर रही थी। लोहे की दो सलाखों में टंके हुए दो पिन्ने पीतल की छलनी में गिटिट्यों की तरह खेल रहे थे और दोनों की तारों को अटेरन पर लपेटते हुए चाची ने एक लम्बा गीत छू दिया:

उडदा वे जावीं कावां, बहिन्दड़ा जावीं
बहिन्दा जाईं मेरे पेकड़े।
इक ना दसीं मेरी मां राणी नूं

रोवेगी गुडीआं फोलके
इक ना दसीं मेरे बाप राजे नूं
रोवेगा कचहरी छोड़के
इक ना दसीं मेरी भैण सोहणी नूं
रोवेगी त्रिंजण छोड़के......'[1]

और फिर गीत गाती चाची की आवाज़ रुंध गई। सामने दीप और उसका अपना बेटा हीरा स्कूल से आकर बस्ते रख रहे थे।

'दीप!'

'हां चाची।'

'रोटी परोस दूं तुझे?'

'हां, चाची।'

और जब चाची ने दोनों बच्चों की थालियों में रोटी डाल दी, चाची का गला रुंध गया।

'क्यों चाची, तेरी तबीयत ठीक नहीं है?'

'मैं ठीक हूं दीप।'

'नहीं चाची, कुछ तो बात ज़रूर है।'

चाची का दिल उछल गया और दीप ने रोटी छोड़ दी।

'तू रोटी खा ले, फिर बताऊंगी।'

'नहीं चाची, पहले बताएगी तो रोटी खाऊंगा।'

'नहीं, पहले रोटी खाएगा तो बताऊंगी।'

दीप ने बात मान ली और रोटी खा ली।

'अच्छा, अब बता।'

---

1. अरे कौए! तेजी से उड़ते हुए तुम मेरे मायके जाना (और यह अशुभ सन्देश पहुंचाना) पर मेरी प्यारी मां को न बताना, नहीं तो वह गुड़ियां टटोलकर रोने लगेगी, मेरे प्यारे बापू को भी न कहना, नहीं तो वह कचहरी छोड़कर रो पड़ेगा, और मेरी प्यारी बहन को भी न बताना, नहीं तो वह सहेलियों के झुंड से अलग होकर रोने लगेगी।

चाची का दिल फिर उछला और फिर दीप को अपनी झोली में बैठाकर कहने लगी:

'तेरा मामा एक साल से मिन्नतें कर रहा है कि तू उसके पास शहर में जाकर पढ़े।'

'अच्छा···'

'यहां तुझे तीन कोस का फासला तय करके स्कूल जाना होता है, धूप में आते हुए मुंह आधा रह जाता है। अब कौन-सी जमात है तेरी?'

'नवमी जमात है चाची।'

'तू शहर जाकर क्यों नहीं पढ़ता? लाहौर, कहते हैं, बहुत ही अच्छा शहर है। मुझे तो भैया ने कितनी बार बुला भेजा है, मुझे-से जाना नहीं हुआ; हो सकता है, तेरे बहाने से मैं भी कभी आ निकलूं।'

'तू कहती है तो मैं शहर चला जाता हूं······' और फिर दीप चाची के साथ चिपट गया, 'फिर मैं चाची को रोज़-रोज़ कहां मिलूंगा, मुझे चाची जैसी रोटी पकाकर कौन खिलाएगा?'

'मैं मरूं··दीप···' चाची के भीतर से जैसे एक मां बोल उठी थी, 'तु मेरे हाथ की कितने दिन खाएगा···!'

'क्यों चाची?'

'सुना है···।' चाची आगे कुछ न कह सकी।

'क्या चाची?'

'सुना है शाह जी··तेरी नई मां आ जाएगी दीप!'

'नई मां ······' दीप आगे कुछ नहीं बोला। अब वह समझदार हो गया था।

'दोनों भाई अलग-अलग हो रहे हैं दीप! शाह जी का चौका अलग और हमारा अलग·····।'

दीप कुछ नहीं बोला।

'मामी भी तो मां के समान होती है······अगर तू शहर जाकर पढ़ेगा, वहां आदमी बन जाएगा। यहां गांव में तो आदमी मिट्टी के साथ मिट्टी होकर रह जाता है······।'

'अच्छा चाची।'

'एक बात और है दीप।'

'क्या चाची?'

'तेरी मां के कपड़े मैं किसीको नहीं पहनने दूंगी। मेरी बहन के कपड़े······।'

दीप खामोश हो रहा।

'कितने अरमानों से उसने सुच्चे कपड़ों का बक्सा भर रखा था, कोई किनारी तो कोई तिल्ले वाला। एक दुपट्टा तो सिर्फ सितारों से जड़ा हुआ है। कहा करती थी: मैंने सितारों से जड़ा हुआ दुपट्टा अपनी बहू के लिए रख छोड़ा है···झिलमिलाती मेरे दीप की दुल्हन···और शाह भले ही एक क्या सात औरतें ले आएं, मैं किसी भी मनहूस को हाथ नहीं लगाने दूंगी।···तेरे चाचा से कहकर मैंने बक्से की चाबी ले ली है, इस चाबी को संभाल ले दीप ······।'

'मैं क्या करूंगा चाची, तू ही रख छोड़।'

'तेरी अमानत है दीप।' और चाची ने दीप का माथा चूम लिया।

उसी रात को दीप के चाचा ने भाई से कहकर लाहौर दीप के मामा को पत्र डाल दिया। दीप ने अपनी पुस्तकें और कपड़े संभाल लिए। पिता ने दीप के लिए दो नई कमीज़ें और दो नये पायजामे सिला दिए।

अगली रात दीप ने एक सपना देखा। उसने और नूरां ने मिलकर जो बरगद का पेड़ लगाया था, अब वह कोठे जितना ऊंचा हो गया था। नर्म और सघन पत्ते, एक-दूसरे के साथ खूब सटे हुए। दीप उस बरगद के नीचे अकेला बैठा हुआ था, और फिर किसीके

पैरों की छन छना``छन सुनाई देने लग गई`````दीप ने चौंककर देखा–एक परी उसके सामने खड़ी थी``दीप की आंखों में चकाचौंध पैदा हो गई, परी ने सितारों-जड़े कपड़े पहन रखे थे```और फिर वह खिलखिलाकर हंस दी।

–तू नूरां है?

–और दीप, तू डर गया था?

–तू परी क्यों बन गई थी?

–मेरा दिल हुआ ``````।

नूरां की हंसी ने दीप की नींद खोल दी और दीप ने देखा–न तो वहां बरगद था, न नूरां और न सितारों-जड़े कपड़े। वह आंगन में अपनी खाट पर पड़ा था।

अगली किसी सवेरे को दीप का मामा आया, और उससे अगले दिन दीप को गांव से चल देना था।

सांझ के समय दीप नूंरा के घर पर गया। बेगमा चाची को मिला, नूंरां से मिला, और फिर दोनों पानी का मटका भरकर अपने बरगद को सींचने लग गए।

'तू शहर क्यों जा रहा है दीप?'

'वहीं पढ़ूंगा।'

'तू जब पढ़ गया दीप, फिर हमसे बात भी नहीं करेगा।'

'क्यों तो?'

'फिर तुझे हमारी बातें पसंद ही नहीं आएंगी```।' नूरां की रंगी चुनरी पर अबरक लगा हुआ था, और दीप ने उसकी चुनरी मरोड़कर कितना-सा अबरक झाड़ दिया।

'नूरां!'

'मेरी चुनरी का अबरक उतार दिया तूने।'

'मैंने सोचा था कि तेरी चुनरी को सितारे लगे हुए हैं।'

'हां, तुझे दिन में भी सितारे नज़र आते हैं```।'

और फिर दोनों खिलखिलाकर हंस दिए।

'तू बरगद को पानी दिया करेगी?'

'तुझे क्या, चाहे दूं या न दूं।'

'अच्छा, मुझे कुछ नहीं?'

'तू शहर जा, तुझे क्या गांव के बरगद से—चाहे सूख जाए, चाहे जल जाए···।'

नूरां के बाल-सुलभ मुंह पर जवानी का यह पहला उलाहना था।

अगली सवेरे को जगदीप अपने मामा के साथ शहर चला गया।

4

जगदीप को मामा ने नवमी में दाखिल करा दिया। शहर के स्कूल में जाने का पहला दिन जैसे उम्र-भर के लिए जगदीप के दिल पर एक खरोंच डाल गया।

जमात के लड़के एक-दूसरे के कान में खुसर-पुसर करते, फिर जगदीप की तरफ देखते और फिर खिलखिलाकर हंस देते। जगदीप को लड़कों की आंखें अपने मुंह पर चुभती थीं। घंटा, दो, तीन गुज़रे, जगदीप का दिल करता था कि वह स्कूल से भाग जाए, शहर से ही चला जाए, कहीं चला जाए।

ड्राइंग की घंटी थी। जिस समय आध घंटा लगाकर लड़कों ने अध्यापक को कापियां दीं, उसने देख-देखकर जगदीप की कापी अलग रख ली और फिर जगदीप को पास बुलाकर उसकी पीठ थपथपाई। लड़कों के मुंह पर से हंसी गायब हो गई। सुबह से स्कूल आए हुए जगदीप के लिए यह पहला क्षण था, जिस समय उसने एक खुली सांस ली।

ड्राइंग का समय खतम हुआ और जिस समय लड़के जमात से

बाहर आए, खुसर-पुसर फिर शुरू हो गई और जगदीप को लड़कों की आंखें फिर अपने मुंह पर चुभने लग गईं।

दूसरे दिन स्कूल जाते समय फिर जगदीप के पैर लड़खड़ाते थे, पर वह बेमन-सा स्कूल चला गया। लड़कों के व्यवहार में आज भी वही चोट थी। जगदीप का दिल जैसे बुझने लग गया।

ड्राइंग की घण्टी फिर हुई और आज अध्यापक ने जगदीप की कापी बोर्ड पर लगाकर सब लड़कों को दिखाई। लड़कों की हंसी कल की भांति आज भी क्षण-भर के लिए रुक गई। जगदीप ने एक सांस ली, पर भीतर से उसका दिल अब भी बुझा जा रहा था। बात उसकी समझ में पड़ती नहीं थी और उसका अकेले बैठकर रोने का दिल होता था।

घंटी के खतम होने पर लड़कों की खिलखिलाहट फिर शुरू हो गई। जगदीप रुआंसा-सा होकर बोर्ड पर से अपनी कापी उतारने लग गया।

लड़के बाहर चले गए और अध्यापक ने जगदीप को अपने पास बुला लिया।

'तेरा हाथ बड़ा सीधा है। अगर मैं तुझे बहुत-सा काम दूं, तो मेहनत करेगा?'

जगदीप से कुछ बोला नहीं गया। अध्यापक की बात ने जैसे उसकी पीड़ा को और छेड़ दिया था।

'अगर तू मेहनत करे, तो किसी दिन कलाकार बन जाएगा।'

जगदीन के पल्ले जैसे कुछ नहीं पड़ा, पर उसके भीतर से एक धुआं उठा। सब लोग इस शहर में पराये थे। वह इस शहर में भूल से आ गया था। लोग उसे देख-देखकर हंसते थे। पर इस समय एक आदमी था, सिर्फ एक, जो हंस नहीं रहा था।

अध्यापक ने उसका दिल टटोल लिया और बड़े प्यार से उसे अपने पास स्टूल पर बैठाकार पूछा, 'तेरा शहर में दिल नहीं

लगा?'

'मैं स्कूल में नहीं पढ़ूंगा, जगदीप के होंठ कांपने लगे।

'अच्छा, मैं तुझे एक बात बताऊं—कल सफेद पायजामा पहनकर आना, यह लकीरों वाला पायजामा न पहनना।'

जगदीप को बात समझ नहीं पड़ी। वह अपने पायजामे की ओर देखने लग गया। बिल्कुल नया पायजामा था।

'शहरों में लकीरोंवाला पायजामा सिर्फ रात को पहनते हैं, सोने के समय। दिन में नहीं पहनते। इसलिए लड़के तेरी हंसी उड़ाते हैं।···तेरा काम सबसे अच्छा है, तू सारी जमात से आगे रहेगा, फिर देखना।'

जगदीप के बुझे जा रहे दिल में एक चिंगारी भर गई। उससे कहा कुछ नहीं गया, पर जब उसने अध्यापक की ओर देखा, उसकी आंखों में एक ही वादा था: जितना कहोगे, मेहनत करूंगा, जितना कहोगे···।

डेढ़ बरस बीत गया। जगदीप ने मैट्रिक पास कर ली। और जब मामा ने उसे कालिज में दाखिल करना चाहा, जगदीप ने एक निर्णय के लहजे में कहा कि वह आर्ट स्कूल में दाखिल होगा।

मामा की यह इच्छा थी कि उनके कुनबे में से कोई लड़का बी० ए० पास हो। उसे जगदीप पर बड़ी आशाएं थीं, पर जगदीप की बात ने जैसे उसका दिल तोड़ दिया था। गांव से शाह जी की चिट्ठी भी आई थी कि तस्वीरें बनाना सीखकर आखिर जगदीप क्या करेगा? या तो वह कालिज में पढ़े, कभी अफसर बनेगा; और या गांव लौटकर अपनी ज़मींदारी का काम करे।

जगदीप के पास सिर्फ एक ही सहारा था–अपने स्कूल का ड्राइंग मास्टर। उसके पास जाकर जगदीप ने अपना दिल खोला, और साथ ही उसे कहा कि वह किसी तरह उसके मामा को

समझा दे।

कोई तीन दिन की बहस के बाद मामा बेमना-सा होकर जगदीप को आर्ट-स्कूल में ले गया।

'ले यह क्या है गोल्ड-स्मिथी सुनार का काम! यह ब्लैक-स्मिथी लोहार का काम! यह कारपेंटरी बढ़ई का काम! यह टैक्सटाइल डिज़ायन, जैसे हमारे गांव में छापा टेकते हैं...' मामा कह रहा था। जगदीप मुस्करा रहा था, और 'क्ले-माडलिंग' की ओर आकर मामा ने कहा, 'जैसे कुम्हार बर्तन बनाता है...दीप।' अगर इतने बरस लगाकर बाद में लोहार-बढ़ई ही बनना है...

'आप क्यों चिन्ता करते हैं मामा जी, मैं कमर्शल पेंटिंग लूंगा।'

'बाद में लोगों के बोर्ड ही बनाएगा न...!'

मामा का दिल बुझ गया था। जगदीप ने आगे कुछ नहीं कहा, और कमर्शल पेंटिंग की जमात में अपना नाम दर्ज करवा दिया।

5

गांव से शाह जी के दो-तीन खत आए थे कि अब उनकी सेहत ठीक नहीं रहती और जगदीप छुट्टियों में आकर उनसे मिल जाए। चाचा का खत भी मिला था और उस खत में चाची ने लिखवाया था–'इतना ही निर्मोही हो गया है, फिर मुंह भी नहीं दिखाया।'

जगदीप ने पिछली छुट्टियों में भी सोचा था कि वह गांव जाएगा। कितनी बार उसने इरादा किया, पर वह जब भी बक्से में कपड़े रखने लगता, उसके दिल में एक हूक उठती। उसने सुना था कि अब उनके सहन में एक ऊंची दीवार बन गई थी। एक ओर चाची रहती थी, दूसरी ओर नई शाहणी। कहते हैं, उसके

पिता ने धर्मशाला में फेरे लेकर एक औरत घर में बिठाली थी और सब उसे छोटी शाहणी कहते थे।

जगदीप जब गाड़ी पर सवार हुआ, जाने कितनी देर उसे अपने घर के सहन की दीवार नज़र आती रही।···और फिर दीवार के स्थान पर बरगद के पत्ते झूलने लगे···गाड़ी उसे गांव के समीप लिए जा रही थी।

वह पिता के पैरों पर झुका। चाचा से आलिंगनबद्ध हुआ। और फिर चाची ने आकर दीप को बांहों में बांध लिया।

'कितना जवान निकल आया है···'

'तू तो चाची, दुबली हो गई है।'

'और मेरे अब जवान होने के दिन हैं क्या?'

'हीरा कहां है?'

'अभी कुएं से आता ही होगा, बड़ा लम्बा निकल आया है, तेरे कंधे तक आता है···'

'और चाची···'

'चल तुझे छोटी शाहणी के पास ले चलूं···बाहर नहीं आती थी, तुझसे डरती है।'

'मुझसे?'

'छोटे घर की बेटी है, बड़ी डरती-सी रहती है।'

जगदीप के मन पर पड़ा बोझ जैसे चाची ने हलका कर दिया और उसने भीतर जाकर छोटी शाहणी के पैर छुए।

'तू जुग-जुग जिए दीप!' और छोटी शाहणी ने झिझकते हुए दीप की पीठ पर हाथ फेरा। 'तू मुझसे नाराज़ है!' छोटी शाहणी ने धीमी-सी आवाज़ में कहा।

'नहीं तो···' दीप जैसे चौंक पड़ा।

'तू गांव क्यों नहीं आता था?'

'सोचता था—कुछ पढ़ लूं, कुछ सीख लूं।' दीप ने कहा, पर

वैसे वह हैरान था—उसे ऐसे सवाल की आशा नहीं थी।

'मेरा तो कोई कसूर नहीं दीप!' छोटी शाहणी ने फिर धीमे से कहा।

'नहीं तो···' जगदीप ने फिर एक बार हैरान होकर छोटी शाहणी की ओर देखा।

पिछले कई बरस जगदीप छोटी शाहणी को मिलने से डरता-सा रहा था, पर आज उसने देखा कि शायद उससे भी बढ़कर नई शाहणी डरती रही थी।

जगदीप ने खाया-पिया और फिर दो घंटे आराम करके कहने लगा:

'घड़ी-पल बाहर हो आऊं।'

'अभी तो सिर पर धूप है, थोड़ी देर बाद चले जाना दीप!' छोटी शाहणी ने बड़े प्यार के साथ कहा। अगर मां होती तो दीप उसकी बात टाल देता, पर छोटी शाहणी की बात वह न टाल सका और खाट पर लेटा रहा।

'हां, सच! नूरां दो बार आई थी, तू सो रहा था।'

'नूरां?'

'भूल भी गया? कहते हैं, तू जब छोटा था, उसके साथ खेला करता था।'

'नूरां आई थी?'

'दो बार होकर गई है।'

'मुझे जगा देना था!'

'मैंने कहा, थका होगा। साथ ही वह झिझकती बहुत थी। अब तू बड़ा हो गया है न!'

'अच्छा, मैं चाची बेगमां के घर हो आऊं।' और जगदीप उठकर बैठ गया।

'चाची···चाची बेगमां···!' जगदीप ने द्वार खटखटाया।

'मैं सदके जाऊं⋯!' बेगमां को चाव चढ़ आया।

'कैसे है तू चाची?'

'तुझे देखकर अच्छी हूं दीप! रुक ज़रा, मैं खाट पर चद्दर डाल दूं।'

'पहले तो जैसे चाची तू चद्दरें ही बिछाया करती थी, अब मैं कोई और तो नहीं हो गया!'

'अब तू बड़ा हो गया है। कहते हैं अब तू बहुत अच्छी तस्वीरें बना लेता है।'

'तेरी तस्वीर बनाऊं चाची?'

'हम बूढ़ों की क्या तस्वीरें बनाएगा—अब तो मुंह पर झुर्रियां भी पड़ने लगी हैं।'

'और मैं झुर्रियां भी बना दूंगा।' दीप खुलकर हंस पड़ा।

'बता मैं क्या रखूं तेरे आगे⋯⋯'

'जो पका-पकाया है वही खाऊंगा।'

'मेरे घर का पका हुआ तू खा लेगा भला!'

'कभी खिलाया भी है चाची?'

'मैं जैसे खिलाती और तू खा भी लेता!'

'खा क्यों न लेता, तू खिलाती ही नहीं है। नूरां मुझे खिला देती थी, मैं खा लेता था।'

'चल⋯⋯!'

चाची बेगमां ने अभी 'चल ⋯⋯' कहा ही था कि खिड़की के पीछे से खिलखिलाकर हंसने की आवाज़ आई।

'नूरां को कहां छिपा रखा है चाची?'

'वह देख, खिड़की के पीछे खिलखिलाकर हंस रही है,⋯बाहर आ री, वही दीप है, कोई और तो नहीं बन गया।' और मां नूरां की बांह पकड़कर बाहर ले आई।

'कोई घर पर आए तो ऐसे करते हैं?'

'जैसे मैं तेरे घर से होकर ही नहीं आई हूं। दो बार गई थी।'

'तो मुझे उठाया क्यों नहीं?'

'मैंने कहा, जाने गुस्सा कर बैठे।'

'तेरे साथ कैसा गुस्सा?'

'गुस्सा ही तो था, तभी तो गांव आता नहीं था।'

'तूने कभी बुलाया मुझे?'

'क्यों भला!'

अब दीप के पास कोई जवाब नहीं था। नूरां ने कभी खत नहीं लिखा, कभी संदेश नहीं भेजा, फिर भी वह कैसे कह सकता था कि उसने कभी बुलाया नहीं था। ढीठों की तरह दीप ने कहा, 'मुझे कौन-सा खत लिखा था?'

'नूरां ने कुछ नहीं कहा, पर नूरां ने जिस निगाह से देखा, उससे दीप के बोल लज्जित हो गए।

'बरगद को पानी दिया करती थी?'

'तुझे क्या?'

दोनों हंस दिए जैसे समझौता हो गया हो।

'जा, दिखला इसे, पानी तो दिन में दो-दो बार दिया करती थी।' मां ने कहा और फिर दीप की ओर मुंह करके कहने लगी, 'मैं कहूं कि जा, पानी का एक मटका ले आ, मेरी बात अनसुनी कर देती थी, और बरगद को दो-दो मटके पानी दे डालती थी।'

नूरां और दीप जब घर के पिछवाड़े बरगद के नीचे गए तो दीप ने बरगद के नर्म पत्तों को हाथों में लेकर कहा–

'तेरा बरगद कितना बड़ा हो गया!'

'जैसे तेरा नहीं है।'

दीप ने आंखें बन्द कर लीं। एक बार उसे लगा–बरगद की सघन छाया में मां के हाथों की छाया मिली हुई थी। वह रात दीप की आंखों के आगे आई जब वह पल्ले में मां के हाथों की दो रोटियां

रखकर बेरी के नीचे बैठा था···मां के ऊपर का दुपट्टा···नूरां की चुनरी···

फिर नूरां की चुनरी में सितारे लगते गए···दीप ने पूछा, 'नूरां! अगर तू सिर पर सितारों वाली चुनरी ओढ़ ले, मैं तेरी एक तस्वीर बनाऊंगा।'

'सितारों वाली चुनरी तो मेरे पास कोई नहीं।' नूरां ने धीरे से कहा।

जगदीप को मां का संदूक याद आया, और चाची के पास रखी हुई उसकी चाबी।

'मैं चुनरी ला दूं तो··· !'

'कहां से ले आएगा?'

'मां के संदूक में पड़ी है।'

'वह तो छोटी शाहणी ने ले ली होगी।'

'नहीं, चाची ने संभालकर रखी हुई है।'

'तू वैसे ही तस्वीर बना ले तो··· !'

'नहीं नूरां, चुनरी लाऊंगा।'

'कोई देख लेगा।'

'तू हमारे घर चली आना। अब तो ऊपर चौबारा भी है, वहां कोई नहीं देखता। और साथ ही मेरे रंग और ब्रुश भी वहां है।'

'अच्छा ······।'

'कल सवेरे-सार।'

उस रात दीप ने चाची के घर रोटी खाई। फिर चाची के साथ छोटी-छोटी बातों में लगा रहा।

'मां तो दुनिया में कोई नहीं बन सकता, पर छोटी शाहणी दिल की बुरी नहीं है दीप!'

'नहीं चाची, बुरी तो नहीं।'

'शाह जी ने भी तेरे चाचा के हाथ मुझे संदेश भेजा है कि दीप से कहना, छोटी शाहणी की तरफ से दिल में कोई मैल न लाए।'

'मेरे दिल में तो कुछ नहीं चाची।'

'मुझे मालूम है दीप! पर शाह जी डरते थे—लड़का जवान है, जाने दिल में कोई बात बिठा ले।'

'उसका क्या कसूर है चाची?'

'पर मैल कोई नहीं। शाह जी की उम्र बहुत बड़ी है, तू भी तो उनकी बड़ी उम्र में हुआ था……। वह तो बिलकुल जवान है। किसीसे अच्छा-बुरा नहीं कहती, इस तरह जैसे मन को मार लिया है…।'

'खुश नहीं रहती?'

'खुश तो है। अन्दर-बाहर भरा हुआ है। गरीब की बेटी थी। इसके बाप ने शाह जी के पास ज़मीन गिरवी रखी हुई थी। शाह जी ने ज़मीन भी छोड़ दी और कहते हैं कि इसके बाप को कुछ नकद भी दिया था…और अब इसके गिर्द चीज़ें समातीं नहीं… पर उम्र का मेल कोई नहीं दीप!'

'चाची, एक बात कहूं?'

'क्या?'

'तेरे पास एक संदूक की चाबी है न?'

'तेरी अमानत है मेरे पास दीप!'

'वे कपड़े इसे निकाल दे।'

'नहीं दीप, वह तो जब तू घोड़ी चढ़ेगा…।'

'मेरी बात तो सुन चाची!'

'तेरी मां कहा करती थी…।'

'चाची, तब तक इन कपड़ों का रिवाज भी रहेगा क्या?'

'तो क्या तू बूढ़ा होकर ब्याह कराएगा?'

'नहीं चाची, पर अब शहरों की लड़कियां ऐसे कपड़े कहां पहनती हैं!'

'तो तू क्या किसी शहरन से ब्याह कराएगा···? वैसे बात तो ठीक है दीप, अब गांव की लड़कियां तुझे कहां अच्छी लगेंगी···है न दीप! यह जो तूने पतलून पहन रखी है, तुझे बहुत अच्छीलगती है, साहब लगता है तू···'

'अच्छा, ला दे फिर चाबी!' दीप हंसने लगा।

'पर उसमें सितारों वाली एक चुनरी है···ऐसे जड़े हुए हैं जैसे सुई रखने को भी जगह न रही हो।'

'अच्छा, वह चुनरी में निकाल लाऊंगा।'

'और चांदी की पाजेब भी।'

'अच्छा , वह भी।'

चाची ने चाबी लाकर दे दी और जगदीप ने घर जाकर पिछली कोठरी में रखा संदूक खोला।

संदूक को हाथ लगाते ही जैसे दीप के अन्दर कोई हूक उठने लगी। मां के हरेक स्पर्श ने जैसे उसे गले लगा लिया हो। दीप कपड़ों की तहें खोल न पाया।

दीप ने चाची को बुलाया, और उसने आकर सितारों वाली चुनरी और चांदी की पाजेब निकालकर ऊपर चौबारे में दीप के बक्से में रख दी और बाकी का सन्दूक भरा हुआ रहने दिया।

दीप ने छोटी शाहणी को बुलाकर संदूक की चाबी पकड़ा दी।

'यह तू रहने दे दीप! मेरी अब उम्र ही कहां है किनारीवाले कपड़े पहनने की!'

दीप ने हैरान होकर छोटी शाहणी के मुंह की ओर देखा–मुश्किल से बीस बरस की रही होगी, ज्यादा हुआ बाईस की, और वह कह रही है कि मेरी कौन-सी उम्र है किनारियों वाले कपड़े पहनने की··

'उम्र तेरी क्यों नहीं? तेरा वक्त है खाने और पहनने का, लड़के का दिल रख ले—उसने खुशी से तुझे दिए हैं।' पास से दीप की चाची ने कहा और छोटी शाहणी ने चाबी पकड़ ली।

सुबह अभी जगदीप सोया पड़ा था जबकि नूरां आ गई। आज नूरां ने दीप को जगा दिया।

'शहरों में लोग इतनी देर से जागते हैं?'

'तू नूरां!'

'मुझे कहा नहीं था, सवेर-सार चली आना!'

'अभी तो सवेर हुई है।'

'तो मैं लौट जाती हूं, शहरवालों की सवेर जाने दुपहर के समय होती है।'

'नहीं नूरा, तू यहीं बैठ, मैं पांच मिनट में तैयार हो जाता हूं।'

दीप ने जब तैयार होकर अपने रंग और ब्रुश निकाले, तो साथ सितारों वाली चुनरी भी निकाल ली।

'यह मैं नहीं लूंगी।'

'क्यों?'

'यह पहनकर तो मैं······'नूरां का मुंह लाल हो गया।

'घड़ी-पल चुनरी ले लेगी तो क्या हो जाएगा?'

'कुछ नहीं।'

'फिर ले ले।'

कितनी देर किसीने कुछ नहीं कहा और फिर नूरां ने चुनरी खोलकर अपने सिर पर ले ली।

कितने ही बरस पहले का एक सपना दीप की आंखों में कांप गया और दीप ने जब ब्रुश को रंग में भिगोया, उसका हाथ कांप रहा था।

'तेरा मन ही नहीं है तस्वीर बनाने को।'

क्यों, बना तो रहा हूं!'

'चुनरी को देखे जा रहा है, तस्वीर बनाता नहीं।'

'नहीं नूरां, सितारे इतने चमकते हैं, मेरी आंखें चुंधिया जाती है।'

'फिर चुनरी उतार······?'

'नहीं, नहीं···इसी तरह बैठी रह···।'

जैसे-तैसे दीप ने तस्वीर बना ली। उसे संतोष फिर भी नहीं हुआ, पर वह जानता था—अभी उसकी कला अधूरी है। नूरां ने चुनरी उतारकर समेट दी और दीप के बक्से में रख दी।

'यह चुनरी तू ले जा नूरां, तुझे बड़ी जंचती है।'

'हिश्···' और नूरां भाग गई।

छुट्टियां खतम हो गईं और जिस दिन दीप ने शहर लौट जाना था, चाची बेगमां ने आकर बताया–

'अगले छह महीने तक नूरां की शादी कर देनी है, चिट्ठी जाने पर आएगा न दीप?'

'नूरां बुलाएगी तो ज़रूर आऊंगा चाची।'

जगदीप जब सबसे विदाई लेकर गाड़ी पर सवार हुआ, उस रात गाड़ी में एक सपना आया कि कोई उसके बक्से से सितारों वाली चुनरी निकालकर उसके सितारे तोड़ रहा था।

6

कुछ ही महीने गुज़रे थे, नूरां की शादी की खबर मिली। शहर के सारे बाज़ार छान डाले, नूरां को देने के लिए जगदीप को कोई चीज़ नहीं जंची। जगदीप अपने हाथों से कई बार परे हटाता भी, पर उसकी आंखों के आगे रह-रहकर सितारों वाली चुनरी आ जाती। उसे अपने-आपपर खीझ आ गई, और उसने गांव जाने का खयाल छोड़ दिया।

महीनों की एक लम्बी कतार गुज़र गई। जगदीप ने कमर्शल आर्ट के तीन बरस पूरे कर लिए और फाइन आर्ट्स का दो बरस का कोर्स शुरू कर दिया। अब उसके रंगों में ज़िन्दगी का मुंह दिखाई देने लगा था।

फिर खबर मिली कि शाहजी की मौत हो गई। चिर से ढीले-ढाले रहते थे, इसलिए पहले जगदीप को खास कुछ नहीं लिखा, न ही किसीको ऐसी आशा ही थी। जिस रात मौत हुई, अभी उस सवेर को वे अच्छे-भले थे। बाहर खेतों में भी गए थे। दुपहर के समय जब वे लौटे, उन्होंने खाया-पिया कुछ नहीं। कहने लगे, आज उनका शरीर टूट रहा है, और दिल भी कुछ-कुछ डूब-सा रहा है।

जगदीप को सिर्फ उनकी मौत की तार मिली थी। उस रात उसने गाड़ी पकड़ ली।

'हम बड़े लज्जित हैं दीप। पर मौत ने हमें एक दिन भी न दिया कि हम तुझे खबर भी पहुंचा सकते।' जगदीप को गले लगाकर उसका चाचा बहुत रोया।

'तुझे देखने को जाने कितने तरसते होंगे, पर उनके मुंह से कुछ नहीं निकला। आंख झपाकर किसीकी ओर देखा तक नहीं।' चाची कहती रही।

जगदीप ने छोटी शाहणी की ओर देखा, उसका मुंह···दीन और भी दीन हो गया था।

जगदीप को लगा, उसके भीतर का सूनापन गहरा और भी गहरा हो गया था।

तेरह दिन तो जगदीप को गांव में रहना ही था, साथ गर्मियों की छुट्टियां हो गई थी, इसलिए जगदीप शहर न लौटा।

जगदीप के बाल-सखा अब गांव के तगड़े जवान निकल आए थे। जगदीप कभी-कभी उनमें जाकर बैठ जाता, पर उनसे घुल-मिल न पाता। वैसे उसे वे कुंओं पर बैठे, खेतों में काम करते और हंसते-

गाते अच्छे लगते थे। उसने कितने स्कैच भी लिए, पर रोज़ संध्या को वह सोचता था जैसे कोई भी आनेवाला दिन उसके लिए कोई अर्थ नहीं रखता था।

चाची बेगमां के घर पर भी वह दो-तीन बार हो आया था। नूरां अपने ससुराल में थी और चाची बेगमां उसे बड़े चाव से बताती रही थी कि कैसे नूरां के उसने आभूषण बनवाए थे, कैसे सुच्चे कपड़ों पर उसने अपने हाथों से किनारी लगाई, कैसे नूरां को रूप चढ़ा, कैसे बरात आई। कितनी उसे बरी (ब्याह के वस्त्र) मिली थी, कितने उनके घर देगें चढ़ी थीं···फिर जगदीप पिछवाड़े में जाता और अपने बरगद को देखता। नूरां ने पानी दे-देकर उसे बड़ा किया था और अब इतना जवान हो गया था कि उसे पानी की ज़रूरत ही नहीं रह गई थी। पत्तों ने जैसे एक कोठा डाल लिया था। जगदीप उसकी छाया में अपने कागज़ और रंग बिखेर देता। कानों में कभी-कभी आवाज़ सुनाई पड़ती—

—तू बरगद को पानी देगी नूरां?

—तुझे क्या, चाहे दूं चाहे न।

—अच्छा, मुझे कुछ नहीं?

—तू शहर जा, तुझे क्या पड़ी है गांव के बरगदों से! चाहे सूख जाएं चाहे जल जाएं।

फिर जैसे जगदीप के दिल में आता: तूने उलट कहा था नूरां, तुझे क्या गांव के बरगद से,चाहे कोई रोज़ आकर यहां बैठा रहे···! और फिर 'तुझे क्या' का बोल जगदीप के भीतर खलबली मचा देता।

छुट्टियां खत्म होने को आ गई थीं जबकि एक दिन जगदीप को रोटी खिलाते हुए छोटी शाहणी भावों में बह गई–

'तू शहर चला जाएगा दीप?'

'शहर? ······वहां तो जाना ही है।'

'तू अब शादी क्यों नहीं कर लेता दीप?'

'फिर क्या हो जाएगा?' जगदीप हंस पड़ा।

'नहीं, बात यह है···कि···' आगे शाहणी कुछ बोल नहीं पाई, पर उसकी खामोशी में कुछ ऐसी पीड़ा थी कि जगदीप की हंसी ठिठुरकर रह गई।

'क्या बात है शाहणी···' जगदीप की आवाज़ में ऐसी गंभीरता थी कि शाहणी का दिल टटोला गया।

'तू मुझे शाहणी क्यों कहता है? मैं तेरी मां होती हूं।'

'वैसे ही, सब छोटी शाहणी कहते हैं, मैं भी कह देता हूं···' जगदीप ने कुछ देर रुककर कहा।

'वैसे दीप, मुझे भी यह नहीं लगता कि मैं तेरी मां हूं···मुझे तो तू अपने छोटे भैया जैसा लगता है।'

जगदीप ने कहा कुछ नहीं, पर उसने शाहणी के मुंह की ओर ऐसे स्नेह से देखा, जैसे दोनों को बहन-भाई का रिश्ता मंज़ूर हो गया हो।

'बता फिर शादी करके क्या करूं?'

शाहणी बोली नहीं, जैसे उसमें बोलने का सामर्थ्य नहीं था।

'तुझे किसी बात की कमी तो नहीं आने लगी?'

'कमी तो कोई नहीं दीप! पर मेरा जीने को दिल नहीं करता।' शाहणी की आंखों में आंसू नहीं थे, पर जैसे उसके भीतर ज़िन्दगी की रोशनी बुझ रही थी।

'एक बात पूछूं शाहणी?'

'तुझसे मैंने कुछ नहीं छिपाया दीप!'

'अब तो तेरे साथ सितम हुआ है, पर जब मैं पहले आया था, तब भी तू इस तरह थी जैसे······।' आगे जगदीप कुछ कह न सका।

'तब भी मैं जाने कैसे जीती थी···।' शाहणी नाखूनों से मिट्टी कुरेदने लग गई।

'मैं भी यही कहने लगा था।'

'यह सच है दीप!'

'तेरी रज़ामंदी से शादी नहीं हुई थी?' दीप ने रुककर पूछा।

'कैसी रज़ामंदी दीप! मेरे बाप ने मुझे बेच दिया··मेरे तो तब भी मन में आती थी कि कुएं में छलांग लगाकर मर जाऊं। फिर यही कहा, मरकर भी मरना और जीकर भी मरना कोई बात नहीं। ज़िन्दा रहकर ही मरूं। बाप ज़रा सुखी हो जाएगा। मेरा छोटा-सा भैया था, बिल्कुल तेरे जैसा, मासूम-सा। उसके मुंह की ओर देखती थी और सोचती थी—चलो, इसके सिर से कर्ज़ का बोझ उतर जाएगा······अब वे सुखी हैं और अपने घर खुश हैं, खुश रहें···।'

जगदीप को लगा—जैसे उसका भीतर ही खाली-खाली नहीं था, दुनिया में जाने कितने लोग थे, जिनके भीतर इतने खलाव थे।

'अब मुझसे जीया नहीं जाता दीप······।'

जगदीप कुछ न कह सका। शाहणी ने रुककर कहा, 'दिल तो मेरा उस दिन कुएं में डूब गया था दीप! मेरा यह जिस्म अभी शेष है, मुझसे इसका बोझ नहीं उठाया जाता।'

फिर पत्थर-सी खामोशी को आगे कोई तोड़ न सका, जगदीप सन्ध्या-भर खेतों की मेड़ पर घूमता रहा। जहां कोई कुआं चल रहा होता, उसे लगता जैसे उसमें छोटी शाहणी ने छलांग लगा दी हो, और वह पागलों की भांति कुएं में झुककर देखने लग जाता।

रात को जगदीप बड़ी देर बाद लौटा। छोटी शाहणी चूल्हे के पास बैठी जगदीप की राह देख रही थी। जगदीप चौके में जाकर बैठ गया और शाहणी ने गर्म रोटी उतारकर जगदीप की थाली में रख दी।

'शहर में तो कोई तन्दूर पर रोटी नहीं लगाता, तू वहां चूल्हे की रोटी खाता होगा··अच्छा! मैं तुझे चूल्हे की सेंक दिया करूंगी।'

कितने दिन हुए जब शाहणी ने जगदीप से कहा था और उस दिन से वह जगदीप के लिए पतली-पतली रोटी बेलकर चूल्हे पर सेंकती रही थी।

आज जगदीप का रोटी खाने को दिल नहीं था। उसका दिल बातें करने को होता था, पर बात उससे कोई होती नहीं थी। वह जैसे अपने को व्यस्त रखने के लिए रोटी खाता रहा।

वह रोटी खा चुका तो शाहणी ने चौका संभाला। दूध को जाग लगाई, जगदीप का बिस्तरा झाड़-पोंछकर बिछाया और ड्योढ़ी के द्वार को सांकल चढ़ाकर अपनी खाट पर आकर लेट गई।

'सोया नहीं क्या दीप?'

'नहीं शाहणी, तू कोई कहानी कह⋯।' जगदीप ने बच्चों की भांति कहा।

'मुझे तो सब कहानियां भूल-सी गईं दीप⋯।'

'कोई परियों की कहानी कह।'

'कहां होती है परी दीप, ऐसे ही बातें बनी हुई हैं⋯!'

'जब तू छोटी होगी, ज़रूर कहानी कहती होगी।'

'सब कहानियां झूठी थीं दीप!'

'अच्छा, मैं तुझे एक कहानी सुनाऊं?'

'हां कह⋯।'

'एक थी लड़की—बड़ी सुन्दर लड़की, और उसके माता-पिता का दिल किया कि वे उस लड़की को बेचकर बहुत-से रुपये ले लें।'

'जा परे⋯!'

'सुन तो सही—और फिर जब उस लड़की ने सुना, उसे गुस्सा आ गया और वह कुएं में कूद पड़ने के लिए चल दी। जब वह कुएं में कूदने ही वाली थी, पीछे से परी ने आकर उसे पकड़ लिया।'

'परियां नहीं आतीं दीप! परियां झूठी होती हैं। वैसे एक बात तेरी सच है।'

'कौन-सी बात?'

'जिस रात मैं कुएं में कूद पड़ने के लिए गई थी, मेरे पीछे-पीछे···'

'कौन आया था शाहणी?'

'जगते ने जाने मुझे कहां देख लिया, और वह मेरे पीछे-पीछे चला आया।'

'जगता कौन था शाहणी?'

'हमारे गांव का लड़का है दीप! कोई दो बरस से मेरे पिता से कहता आ रहा था कि वीरां की मुझसे शादी कर दो।'

'और वह मानता क्यों नहीं था?'

'वही ज़मीन का झंझट, ज़मीन तो सब गिरवी पड़ी थी शाह जी के पास···।'

पत्थर-सी खामोशी छा गई, फिर जैसे पत्थर के दिल पर एक चींटी रेंग गई।

'जगता कैसा था शाहणी?'

'उस जैसा कौन होगा दीप? ज़मीन कांपती थी उसके पैरों के नीचे।'

'उसने तेरे बाप को रोका नहीं?'

'जब एक ओर पैसा नज़र आता हो दीप, तब कोई आवाज़ कानों को सुनाई नहीं पड़ती।'

'और वह खामोश हो रहा?'

'नहीं दीप, मुझे कहता था—तू कहे तो तुझे वहां ले जाऊं जहां तेरी खोज-खबर न मिले।'

'फिर?'

'मैं ही डर गई थी, उधर मेरे बाप ने शाह जी को वचन दे दिया था। सोचती थी, मैं चली गई तो पीछे मेरे बापू और भैया का क्या हाल होगा?'

'तो फिर मैंने तुझे कहानी सच ही कही थी न···?'

'सच कैसे दीप?'

'तुझे मैंने कहा था कि जब वह लड़की कुएं में कूदने लगी तो पीछे से परी ने पकड़ लिया।'

'हां।'

'उस परी को ज़िन्दगी भी कहते हैं शाहणी।'

'कौन-सी ज़िन्दगी दीप?'

'यही ज़िन्दगी शाहणी, और कौन-सी!'

'झूठी बातें हैं दीप।'

'जगता कहां होता है?'

'अपने गांव में ही है।'

'तू कभी गांव नहीं गई?'

'नहीं दीप। जिस दिन मेरी डोली चली थी, मैंने दिल में गांठ बांध ली थी कि अब लौटकर नहीं आऊंगी।'

'क्यों शाहणी?'

'जिन माता-पिता ने मेरा मोल ले लिया, उनसे फिर क्या रिश्ता रहा? कितने ही संदेश उन्होंने भेजे, शाह जी से भी कहा, मेरा दिल ही नहीं हुआ जाने पर। अब जब शाह जी की मौत हुई है, वे मेरी मिन्नतें करते रहे हैं– पर मैंने नहीं माना। साथ ही दीप···।'

शाहणी आगे कुछ नहीं बोली। जगदीप ने रुककर पूछा, 'क्या कहने लगी थी शाहणी?'

'पहले तो मैं चली ही जाती, पर अब मैं कभी नहीं जाऊंगी, सौगंध खाकर कहती हूं।'

'क्यों शाहणी?'

'मुझे जगते से डर आता है।'

'अब भी वह तेरा ख्याल करता है शाहणी?'

'अभी किसीके हाथ कहला भेजा है कि अब भी कुछ नहीं बिगड़ा। अगर तू मान जाए तो मैं···।'

'फिर परी वाली कहानी सच हो गई न!'

'सच कैसे दीप? यह तो मेरे घावों पर नमक छिड़कना है।'

'तू झूठ को सच क्यों नहीं बना लेती शाहणी···?'

शाहणी अपनी खाट पर से चौंककर उठ बैठी।

'तू क्या कहता है दीप!'

'सच कहता हूं।'

'पागल हो गया है क्या?'

'नहीं शाहणी, सच कहता हूं।'

'जो भगवान् को मंज़ूर नहीं था दीप···।'

'भगवान् को अब मंज़ूर हो जाएगा शाहणी! तू जगते को कहला भेज।'

'दीप···!' शाहणी की आवाज़ कांपने लग गई।

'एक बार साहस तो कर शाहणी!'

'नहीं दीप, नहीं! मुझ मर चुकी को और न मार।'

'दिल को मज़बूत क्यों नहीं करती शाहणी!'

'मैंने अपने दिल को मार लिया है दीप! अब तू ऐसी बातें करना छोड़ दे।'

'ज़रा सोचकर बात कर शाहणी। एक ओर ज़िन्दगी है, दूसरी ओर मौत।'

'मुझे मौत ही मंज़ूर है दीप! अब मैं जिस आग को बुझा चुकी हूं, उसे फिर से न सुलगा।'

'कभी-कभी परी की कहानी भी सच हो जाती है शाहणी···।'

अभी तक शाहणी की आंख से आंसू नहीं टपका था, अब वह जैसे फूटकर रो पड़ी।

जगदीप ने छोटी शाहणी के बापू को बुलाकर शाहणी को उसके सुपुर्द कर दिया। सोहियांकलां के सारे गांव को यही पता चला कि छोटी शाहणी मैके जा रही थी। आभूषणों का बक्सा

जगदीप ने अपने हाथों से भरा और छोटी शाहणी को मैके तक पहुंचाने गया।

'इस घर में सब कुछ तेरा ही है शाहणी! जब तुझे ज़रूरत पड़े, जितनी भी···।

'मुझे लज्जित न कर दीप···।' शाहणी दीप के गले लगकर रोने लग गई, और फिर बोली—'मुझे शाहणी क्यों कहता है दीप, मुझे वीरां कह न।'

गांव लौटते हुए जगदीप को लगता रहा कि उसके दिल का खलाव आज भरा हुआ था। एक खुमारी में वह घोड़ी पर चढ़ा रहा। जाने कब सोहियांकलां आ गया और उसने अपनी घोड़ी का मुंह चाची बेगमां के घर की तरफ मोड़ लिया। घोड़ी से उतरकर वह मकान के पिछवाड़े बरगद के नीचे जा खड़ा हुआ।

बरगद की छाया उसे आज जैसी अच्छी कभी नहीं लगी थी। बरगद के पत्तों से उसने अपनी आंखें ढांप ली। फिर उसके भीतर एक हूक उठी—छाया सिर्फ छाया, फल कोई नहीं। तू तो कहती थी नूरां: एक बेरी लगा लें, लाल और मीठे बेर खाएंगे। आम का एक पेड़ लगा लें। पर मैंने ही कहा था: फलों का क्या करेंगे, हमें तो छाया ही बहुत है··नूरां, नूरां! मेरी किस्मत में फल कोई नहीं था···।

7

जगदीप ने फाइन आर्ट्स के दो बरस समाप्त कर लिए। स्कूल के प्रिंसिपल को जगदीप में कोई चिनगारी सुलगती हुई लगती थी। उसकी लकीरों में सूक्ष्मता होती थी और रंगों में जैसे दिल की धड़कन सुनाई देती हो। प्रिंसिपल का दिल नहीं कहता था कि जगदीप उस स्कूल को छोड़कर चला जाए। उसने जगदीप को उसी

स्कूल में नौकरी के लिए ज़ोर दिया। पर जगदीप नौकरी करना चाहता ही नहीं था, कोई बड़ी कला जैसे उसके भीतर करवट ले रही थी। गांव की ज़मीन से जगदीप को गुज़ारे-माफिक अच्छे पैसे मिल जाते थे। उसने अब अपने मामा के घर की ऊपर की छत पर अपने लिए दो नये कमरे बनवा लिए थे। एक में उसने अपना स्टूडियो बनाया और दूसरे को सोने का कमरा।

'जिस राह की आपने मुझे लगन लगाई है, अब उस राह की मुश्किलें झेलने दीजिए, और जहां तक मैं इसी लम्बी राह पर चल सकता हूं, मुझे चलने दीजिए। नौकरी के बन्धन में न डालिए मुझे...' जगदीप ने अपने प्रिंसिपल को रज़ामन्द कर लिया।

'मैं मॉडल के पेण्ट करना चाहता हूं, आप मुझे राह सुझाते रहा कीजिए।' एक दिन जगदीप ने अपने प्रिंसिपल से कहा।

'हमारे देश में इसका रिवाज नहीं है। कोई भी लड़की नहीं मानेगी, यह कैसे होगा?' प्रिंसिपल को भरोसा था कि जगदीप जैसा शागिर्द न उसे कभी मिला था, और शायद न मिले ही। वह उसके भीतर की चिनगारी को बुझने देना नहीं चाहता था, पर सामाजिक वातावरण कोई बहुत अच्छा नहीं था और उसे अपने सामने कई बाधाएं नज़र आती थीं। दूसरे-तीसरे दिन प्रिंसिपल ने जगदीप के कन्धे पर हाथ रखते हुए कहा, 'तेरा आचरण फौलाद-सा होना चाहिए दीप! तभी तेरे भीतर का कलाकार जिएगा!'

थोड़े-से दिन गुज़रे होंगे, जब प्रिंसिपल ने आकर जगदीप के स्टूडियो का द्वार खटखटाया।

जगदीप ने द्वार खोला, एक सांवली और बड़ी ही बांकी लड़की प्रिंसिपल के साथ आई थी।

'यह रामिन्दर है, मेरी बेटी—मेरे दोस्त की बेटी। हम इसे

रमी कहते हैं।'

जगदीप को जैसे आगे पूछने की ज़रूरत ही नहीं थी। उसे इतनी बड़ी आशा नहीं थी। जगदीप को लगा, जैसे उसके पैर ज़मीन पर नहीं पड़ते थे।

'मुझे जल्दी जाना है। पूरे साढ़े चार बजे मेरा भाषण है, और सवा चार हो गए हैं।' प्रिंसिपल जगदीप का कन्धा थपथपाते हुए उसी वक्त लौट गया।

'रामिन्दर बहन जी, मैं कैसे तुम्हारा धन्यवाद करूं!' जगदीप ने एक अच्छी-सी कुर्सी की ओर संकेत करके बैठ जाने को कहा।

रामिन्दर बैठ गई। पर उसमें जैसे कोई बहुत उत्साह नहीं था। जगदीप को लगा जैसे रामिन्दर अपनी इच्छा से न आई हो, पर पिता या पिता के दोस्त की बात न टाल सकने के कारण चली आई हो।

जगदीप के चाव में कोई अन्तर न आया। उसने रामिन्दर का मन बहलाने के लिए बड़ी तमन्ना से कहा —

'मैं प्रिंसिपल साहब की किसी आशा से हल्का नहीं पड़ूंगा। मैं जी-जान से परिश्रम करूंगा, दिन-रात परिश्रम करूंगा।'

रामिन्दर ने जैसे जगदीप की बात अनसूनी कर दी। जगदीप को लगा कि शायद वह अच्छी तरह से नहीं कह सका था। उसने और कुछ कहना चाहा, पर रामिन्दर का ध्यान उसकी ओर नहीं था। जगदीप खामोश हो रहा। पर उसके भीतर से एक विश्वास जगा कि कुछ ही दिनों में वह रामिन्दर का विश्वास जीत लेगा, और फिर वह आज जैसी बेमन नहीं होगी। आज जगदीप को अपने प्रिंसिपल की बात समझ में आई: तेरा आचरण फौलाद-सा होना चाहिए दीप! तभी तेरे भीतर का कलाकार जिएगा···

'मैं तुम्हें अपने कुछ चित्र दिखाऊं? कोई अच्छे तो नहीं। अभी मेरा हाथ कच्चा है···।'

'मैंने सब चित्र देखे हुए हैं।' रामिन्दर ने धीमे से कहा।

'शायद प्रिंसिपल साहब कई बार घर पर ले जाते थे।' और आगे जगदीप कुछ नहीं बोला। वैसे उसे कुछ हैरानी-सी हुई, इतना स्नेहस्निग्ध-सा हृदय रखने वाला प्रिंसिपल, इतनी रूखी लड़की को अपनी बेटी कहता है!

कोई दो घंटे रामिन्दर बैठी रही और जगदीप पेण्ट करता रहा। अब रामिन्दर का बेपरवाह चेहरा जगदीप को भला लगता था और वह चित्र की आकृति पर वही रूखापन लाने का प्रयत्न कर रहा था।

'चाय लोगी, तुम थक गई होगी।' जगदीप ने कहा।

'नहीं।'

जगदीप को समझ नहीं पड़ी, पर रामिन्दर के इन्कार में कुछ ऐसा था कि उससे फिर कुछ नहीं पूछा गया।

'अब तुम थक गई होगी, किसी दिन फिर आ सकोगी?' जगदीप ने कुछ देर रुककर कहा।

'कल आऊंगी।' रामिन्दर ने कहा। फिर जगदीप से बिना कुछ कहे, और बिना चित्र की ओर देखे वह कमरे से बाहर हो गई।

'मैं तुम्हें छोड़ आऊं?' जगदीप ने जैसे भागकर पूछा।

'नहीं, मेरा साइकल नीचे पड़ा है, मैं स्वयं ही चली जाऊंगी।' रामिन्दर ने एक बार भी पीछे घूमकर नहीं देखा और सीढ़ियां उतरने लगी।

जगदीप अपने स्टूडियो में लौट आया। उसे कुछ भी पता न चला कि रामिन्दर का व्यवहार अच्छा था या बुरा। पर उसे यह ज़रूर लगा कि जैसे कमरे की हवा कुछ भारी हो गई थी। फिर उसने चित्र को देखा–अधूरा था, बहुत अधूरा, पर उसकी रेखाओं में से उसे एक अच्छा चित्र उजागर होता हुआ दीखने लगा था। वह सभी विचार समेटकर चित्र की रेखाओं को और संवारने लग गया।

रामिन्दर दूसरे दिन भी आई और उससे अगले दिन भी और फिर प्रतिदिन। समय बताने या पूछने की ज़रूरत जैसे खत्म हो गई। ठीक समय पर वह आती और लौट जाती।

प्रतिदिन जगदीप उसे चाय पूछता, प्रतिदिन वह एक रूखा-सा 'इन्कार' कर देती। चित्र की ओर कुछ क्षण देख भी लेती, पर कुछ न कहती। उसके अनमनेपन ने जैसे उसे भींचकर पकड़ा हुआ था।

जाड़े के पैर दिन-दिन ठिठुरते जाते। रामिन्दर जब आती तो वह एक शाल में लिपटी हुई होती, पर चित्र के सामने बैठते समय उसे अपनी शाल उतारनी पड़ जाती थी और उसके अंगों को सिकोड़ती सर्दी अब उसके चेहरे से भी दिखाई देने लग गई थी। जगदीप ने कमरे में अंगीठी का इन्तज़ाम कर लिया। कमरा गर्म हो गया। रामिन्दर आसानी से बैठ जाती, पर चाय का एक प्याला अब भी उसने जगदीप से नहीं लिया।

'पापा जी कहते थे: अगर तुम बाहर के खेतों में जाकर स्केच करना चाहो, तो मैं वहां भी चली जाऊंगी।' एक दिन रामिन्दर ने कहा।

जगदीप जैसे खुशी से उछल पड़ा, और उसने रामिन्दर की ओर देखा। यद्यपि वह उसके चेहरे के अनमने भावों को देखने का अभ्यस्त हो गया था, फिर भी आज का अनमनापन उसे कांटे की तरह बिंध गया। साथ ही रामिन्दर का वाक्य: 'पापा जी ने कहा था, अगर तुम···मैं वहां चली जाऊंगी।' जैसे जाने या न जाने का रामिन्दर के साथ कोई सम्बन्ध न हो और पापा जी की आज्ञा का मानना ही उसका कर्तव्य हो।

'कैसे जाएंगे? सामान तांगे में रख लेंगे?' जगदीप ने कहा।

'क्यों? साइकलों पर चलेंगे। मैं अपने साइकल पर आ जाऊंगी और तुम अपने साइकल पर सामान रखकर आ जाना, सुबह ग्यारह बजे।' और एक आज्ञा की तरह यह कहकर रामिन्दर चली गई।

जगदीप ने बहुत कुछ सोचा कि वह दोपहर की रोटी बनवा-कर साथ ले जाए, थर्मस में चाय ले जाए···पर रामिन्दर का 'इन्कार' उसके अन्दर एक पत्थर की तरह पड़ा हुआ था, और उस पत्थर को हिलाने का साहस नहीं होता था।

दूसरे दिन सुबह के ग्यारह बजे थे जबकि रामिन्दर आई। जगदीप ने अपना सामान अपने साइकल के आगे-पीछे बांधा और फिर जैसे बड़ा ही साहस करके रामिन्दर से पूछा—'कुछ रास्ते में खाने के लिए ले चलें?'

'कोई ज़रूरत नहीं···' और रामिन्दर ने अपने साइकल पर पैर रखा।

कोई छः-सात मील साइकल चलाकर जगदीप और रामिन्दर शहर के बाहर की नहर लांघकर खेतों में आ गए। जगदीप ने मनचाही जगह देखी और साइकल एक ओर रखकर अपना सामान खोला।

कोई एक-डेढ़ बजे तक जगदीप काम करता रहा। सरसों के खेतों का सोना जगदीप के कागज़ पर उतरता रहा और फिर जगदीप की निगाह एक वृक्ष पर पड़ी। एक विचार जगदीप के मन में आया, वृक्ष की शाखाओं का फैलाव कोई छोटा-सा नहीं था, पर एक भी पत्ता इस समय शाखाओं पर नहीं था। अगर इस वृक्ष की शाखाओं के साथ रामिन्दर खड़ी हो··· मैं चित्र बनाकर उसके नीचे लिख दूंगा: पतझड़ और बहार···और वह सरसों के खेतों का सोना एक ओर रखकर पतझड़ और बहार बनाने लग गया।

दो बज चुके थे। जगदीप ने हाथ का ब्रुश एक ओर रखकर कहा—'देवी जी, तुम तो व्रत रख सकती हो, पर मैं नहीं रख सकता। आओ, अब चलें।'

रामिन्दर ने अपने साइकल पर से टोकरी उतारी और एक

और तौलिया बिछाकर कितने ही बंधे हुए पैकट खोल दिए। न तो रामिन्दर प्लेटें और चम्मच लाना भूली और न थर्मस में चाय लाना। खाने की चीज़ों के इतने पैकट थे कि वे सारा दिन खाते रहते, तो खत्म न होते।

सभी कुछ बहुत अच्छा था। जगदीप खाए ही जा रहा था, बल्कि प्लेट में पहले पड़ी चीज़ खत्म नहीं होती थी, रामिन्दर और डाल देती थी और जगदीप ज़रूरत से अधिक खा रहा था, पर उसका मन किसी बोझ के नीचे दबा-सा जा रहा था—मै रामिन्दर का विश्वास नहीं जीत सका,··· मेरा इतने दिनों का व्यवहार··· मेरा परिश्रम···

जगदीप ने और भी मन को टटोला। पिछले दिनों जगदीप के दोस्तों ने उसे कई बार कुरेदा था: आजकल तू हमें क्यों मिलने लगा···ऐसा मॉडल और फिर दोस्त कैसे नज़रों में ठहरें···! और जगदीप की आंखों में रोष उतर आया था। उसने दोस्तों से जैसे गरजकर कहा था: रामिन्दर मेरी बहन जैसी है···

खाना खत्म हुआ। रामिन्दर ने जगदीप को चाय का प्याला दिया। फिर दो घंटे काम करके दोनों अपने साइकलों पर लौट आए।

जगदीप ने जाड़ों में परिश्रम करके कई चित्र तैयार किए, पर उनमें तीन चित्र विशेष थे। एक चित्र का नाम उसने 'दुनिया' रखा था। इस चित्र की लड़की उसने रामिन्दर के मॉडल से बनाई थी। दुनिया उसे सुन्दर लगी थी। ज़िन्दगी का रंग उसने अपनी कल्पना से लिया था। और दूसरा चित्र 'पतझड़ और बहार' था। यह उसने सूखे वृक्ष और रामिन्दर की प्रतिमा को जोड़कर तैयार किया था। तीसरा चित्र उसने आज से कितने बरस पहले नूरां को सितारों वाली चुनरी ओढ़ाकर जो स्केच बनाया था—उसकी सहायता से तैयार किया था। इस चित्र का नाम उसने 'सपना' रखा था। सितारों वाली चुनरी के गिर्द बादलों की तरह उसके सपने लिपटे

हुए थे और नूरां की आंखें इस तरह थीं, जैसे वह सपनों के बोझ से झुकी हुई हों।

चैत चढ़ आया। शहर के एक अच्छे भवन में भारत के प्रसिद्ध कलाकारों की प्रदर्शनी हो रही थी। प्रिंसिपल इस पक्ष में था कि इस प्रदर्शनी में जगदीप की एक पेंटिंग अवश्य ली जानी चाहिए। जगदीप अभी अपनी कला को इस योग्य नहीं पाता था। कई बार उसे प्रिंसिपल की कोई बात उतनी ठोस नहीं लगती थी, जितनी कृपापूर्ण। उसने मना कर दिया। प्रिंसिपल ने चित्र के लिए स्थान खाली रखवा दिया था, और वह अपनी बात पर दृढ़ था। उसने जगदीप के स्टूडियो में आकर तीनों चित्र देखे। बड़े ध्यान से उनकी परख की, और फिर 'सपना' चित्र को उसने प्रदर्शनी में रखने के लिए चुन लिया।

'कितने मोल की चिट लगानी होगी?' प्रिंसिपल ने पूछा। रामिन्दर और जगदीप पास खड़े थे, दोनों में से किसीने कुछ नहीं कहा। प्रिंसिपल स्वयं ही बोला—'दो सौ से कम की नहीं होनी चाहिए।'

'मैं यह चित्र नहीं बेचूंगा।' जगदीप ने धीमे से कहा।

'खरीदेगा भी कौन? ऐसे ही एक रिवाज-सा है। मोल लगाना चाहिए।'

'नहीं, चिट लगा दें: नॉट फार सेल।'

'इसमें घमंड लगता है, अच्छा, दो सौ के स्थान पर तीन सौ लिख देते हैं। अगर कोई लेना भी चाहे तो न ले सके। साढ़े तीन सौ लिख दें?'

जगदीप खामोश हो रहा। पास से रामिन्दर ने भी कुछ नहीं कहा और प्रिंसिपल ने वह चित्र प्रदर्शनी में भेज दिया।

प्रदर्शनी हुई। दर्शकों और कलाकारों का खूब जमघट रहा। शहर में प्रदर्शनी की बातें होतीं, यद्यपि लोग अपने-आपको कला

के शौकीन ज़ाहिर करने के लिए बात छेड़ देते थे। जहां भी दो आदमी जुड़ते, चित्रों की बात ही होती।

फिर पता चला, जगदीप का चित्र बिक चुका था। प्रदर्शनी के प्रबन्धकर्ताओं ने जगदीप को बधाई दी। लोग अब और भी उत्सुकता से उस चित्र को देखते थे, पर जगदीप का चेहरा ऐसे हो गया था कि जैसे किसीने धक्का देकर उसके हाथ से कोई वस्तु छीन ली हो।

प्रदर्शनी खत्म हो गई। जगदीप चुपचाप अपने स्टूडियो में बैठा रहता। इन दिनों रंगों और ब्रुशों को देखने को भी उसका दिल न होता। रामिन्दर भी कई दिन से नहीं आई थी। जगदीप का स्टूडियो जैसे वीरान दिखाई देने लगा।

एक दिन तो जगदीप से अपनी उदासीनता झेली न गई और वह प्रिंसिपल से मिलने उनके घर पर गया। प्रिंसिपल मिला नहीं। उसने रामिन्दर के घर का पता पूछा और उधर चला आया।

संध्या का हल्का-सा अंधेरा उसके गिर्द फैला हुआ था। नौकर ने उसे रामिन्दर का कमरा दिखा दिया और कमरे के खुले हुए द्वार को उसने हौले से खटखटाया, सामने रामिन्दर खड़ी थी।

'तुम?' रामिन्दर जैसे कांप गई।

जगदीप अब जैसे रामिन्दर के अनमनेपन से हिल-मिल गया था। वह समझ गया था कि वह बेपरवाह स्वभाव के कारण है। आज जगदीप हैरान था, रामिन्दर की घबराहट जैसे उसे पैरों पर खड़ा रहने नहीं दे रही थी।

जगदीप दो कदम कमरे के अन्दर बढ़ आया था। वहीं का वहीं वह रुका रह गया, और रामिन्दर ने अपने कांपते हाथों को कुर्सी का सहारा दिया।

'रमी, मैं चला जाऊं?' जगदीप को लगा कि जैसे वह कोई कसूर कर बैठा था।

रामिन्दर का रंग निचुड़े हुए नींबू जैसा था। उससे बोला नहीं गया। जगदीप ने घबराकर कमरे में देखा, सामने की बड़ी अलमारी के दोनों खाने खुले थे। और उनमें उसका चित्र 'सपना' रखा था।

'रमी!' जगदीप के मुंह से निकला और वह हड़बड़ाकर अलमारी की ओर बढ़ा। एक बार जगदीप ने चित्र को देखा और फिर घूमकर रामिन्दर को, रामिन्दर दोनों हाथों से अपना मुंह ढांपकर सुबकने लगी थी।

'रमी!' जगदीप के अंगों में जैसे सिक्का भरता जा रहा हो।

'हां, मैंने खरीदा है, मैंने खरीदा है···' रामिन्दर जैसे अपने आंसुओं की कमज़ोरी से खीझ उठी हो, और फिर स्वयं पर ही रोष दिखाने लग गई हो।

जगदीप कुछ न समझ पाया, पर उसने होले से कहा—'तुझे खरीदने की क्या ज़रूरत थी! मुझे कहती, मैं तेरे कमरे में लगा जाता।'

रामिन्दर के अंगों में जैसे ज़हर उबल आया हो और वह कुर्सी से उठकर अलमारी की ओर भागी। चित्र रामिन्दर के हाथ में था और वह अपनी सारी शक्ति से चित्र के टुकड़े-टुकड़े किए जा रही थी।

जगदीप जैसे सिक्का बन गया हो। रामिन्दर कह रही थी—'नूरां···नूरां···नूरां···मैं इस चित्र को सहन नहीं कर सकती, नहीं कर सकती···मैंने इसीलिए खरीदा था···फाड़ देने के लिए खरीदा था···'

कागज़ के टुकड़े सारे फर्श पर बिखर गए, कितने ही टुकड़े जगदीप के पैरों में पड़े थे। शायद आगे और भी कुछ रामिन्दर ने कहा, पर जगदीप को कुछ भी सुनाई नहीं दे रहा था। एक शब्द जगदीप के कानों में अटका हुआ था—नूरां···नूरां···नूरां···

जाने किस समय जगदीप कमरे से बाहर हो लिया। रामिन्दर कागज़ के उन टुकड़ों के पास ही फर्श पर पड़ी सुबकती रही।

8

शहर की हवा में अब जैसे जगदीप की सांस अटकती थी। किसी दिन वह घंटों नहर के किनारे जाकर बैठा रहता और किसी दिन शहर से दूर खेतों की मेड़ पर। पर उसे ऐसा लगता कि जैसे हवा में कोई कड़वाहट घुली हुई हो। उसका गला एक प्यास से सूख जाता, और उसके होंठों पर कसैली-सी पपड़ी जम जाती।

स्टूडियो में बैठे हुए जगदीप को लगता कि जैसे सारे रंग एक-दूसरे में घुल गए हैं और फिर एक मैली-सी काली धार बनकर उसकी आंखों में पड़ रहे हैं।

कितने बरस हुए जगदीप ने सपना देखा था—कोई नूरां की सितारों वाली चुनरी के सितारे उतार रहा था। आज बरसों बाद वह सपना और भयानक हो गया। अब जैसे कोई···नूरां के मुंह को नाखूनों से नोच रहा था।···

अगले सप्ताह जगदीप ने लाहौर छोड़ दिया। एक बार उसका दिल हुआ वह गांव में चला जाए। पर जब उसने गांव को याद किया, तो जैसे किसीने उसे आवाज़ नहीं दी। किसीने उसे स्वागतम् न कहा। एक ही उसकी कला थी, जो उसे अंगुली के इशारे से अपनी ओर बुलाती थी। वह निकट जाता था, कला और आगे बढ़ जाती थी और उसे अपनी ओर बुलाती थी। वह और आगे बढ़ जाती थी।···जगदीप उसके पीछे बढ़ता चला गया।

दिल्ली में आकर जगदीप को लगा, जैसे उसकी कला ने धरती पर उसका स्थान बना दिया था। तीन कमरों का एक घर

किराये पर लेकर, जगदीप ने अपना स्टूडियो बनाया। अब उसकी रेखाओं में एक लचक आती जा रही थी, रंगों में प्यारे-से सपने घुलते जाते थे। उसने अपने दिल, अपनी रातें कला के सुपुर्द कर दीं। यहां उसे बहुत-से कलाकारों से वास्ता पड़ा—कभी प्राचीन कलाएं उसे अपनी ओर खींचती, कभी वह आधुनिक कला की तकनीक को लेकर सोचता। विचार-विनिमय होता। किसी दूसरे देश की कला की प्रदर्शनी होती। उसकी जानकारी बढ़ती गई, बढ़ती चली गई···

फिर एक घटना उसकी ज़िन्दगी पर हथौड़े की तरह पड़ी। एक दिन उसके एक दोस्त पेंटर ने कहा कि उसकी जान-पहचान की दो लड़कियां एक-दो दिन के लिए शहर में आ रही थीं। ठहरने का कोई इंतजाम नहीं था। अगर वह एक-दो दिन के लिए अपना एक कमरा दे दे तो उसकी बड़ी मेहरबानी होगी।

जगदीप ने एक कमरा खाली कर दिया। दो पलंग, एक मेज़ और छोटा-सा सोफा रखवाकर कमरे की चाबी अपने दोस्त को दे दी।

दूसरे दिन रात के दस बजे उसका दोस्त अपने साथ दोनों लड़कियों को लेकर आया। उन्होंने कमरा खोला। जगदीप ने अपने नौकर से रोटी बनवा रखी थी। रोटी खाते-खाते ग्यारह बज गए। दोनों लड़कियां और उसका दोस्त कमरे में बैठे हुए थे। कोई आधा घंटा चारों ने ताश खेली और फिर जगदीप अपने कमरे में सोने के लिए चला गया।

जाने रात के कितने बजे थे, जब किसीने उसका द्वार खटखटाया। जगदीप ने दरवाज़ा खोला और उन दो लड़कियों में से एक लड़की उसके कमरे में आ गई।

जगदीप से अभी कुछ बोला भी नहीं गया जबकि उस लड़की ने कमरे का द्वार भीतर से बन्द कर लिया और रोशनी बुझा दी।

जगदीप की आवाज़ जैसे उसके गले के अटक गई, एक कोमल-सा जिस्म उसके साथ छुआ। पतली बाहें उसके गले के गिर्द लिपटी हुई थीं और एक सांस उसकी सांस को छूती थी।

जगदीप को लगा, जैसे वह होश गंवा रहा था और पानी की एक लहर में लिपटा हुआ था। जाने भरे हुए दरिया में वह किस ओर बहता जा रहा था। किनारा कहां छूट गया था। कितनी दूर था, उसे कुछ पता न चला। जगदीप के होंठों को किसी ने अपने होंठों में घोल लिया था।

एक और लहर आई, उसके शरीर को धक्का-सा लगा। वह अपने पलंग पर जैसे गिर गया। उसे लगा कि किसीने उसे दरिया में से पकड़कर समुद्र में फेंक दिया था।

उसके मस्तक में जैसे कई बादल गरज रहे थे। वह अकेला था। नितांत अकेला। बादल कड़कते थे, एक तूफान फुंकार रहा था। उसने घबराकर किसीको आवाज़ देनी चाही, पर उसे लगा कि जैसे बादलों की गड़गड़ाहट में उसकी आवाज़ खो गई थी। फिर बादलों की गरज में से एक बिजली चमकी और उसने बिजली की रोशनी में देखा कि वह कहां था···एक पलंग था और एक पतली, कोमल-सी लड़की उसकी कमीज़ के बटन खोल रही थी। उसने तड़पकर पूछा—

'तू कौन है?'

'कोई भी हूं, आज की रात मैं तुम्हारी हूं।'

'नहीं, नहीं, तू मेरी नहीं, तू चली जा।'

'कहां जाऊं बाबू?'

'मुझे नहीं मालूम, तू चली जा।'

'यह कैसा मज़ाक है बाबू?'

'कोई मज़ाक नहीं—तू चली जा।'

'मुझे बुलाया क्यों था?'

'किसने बुलाया है?'

'तुम्हारे दोस्त ने।'

'कौन दोस्त?'

'तुम्हारा दोस्त शंकर।'

'कहां है शंकर?'

'साथ वाले कमरे में।'

'तू उसीके पास चली जा।'

'पर, उसके साथ दूसरी लड़की है।'

'मैं नहीं जानता, कुछ नहीं जानता।'

'और मैं आज की रात ऐसे ही जाने दूं? मेरे पैसे कौन देगा?'

'कैसे पैसे?'

'शंकर ने मुझे कहा था कि मुझे पचास रुपये मिलेंगे।'

'पचास रुपये, कैसे पचास रुपये?'

'आज रात-भर के।'

'मैं तुम्हें पचास रुपये दे दूंगा। तू चली जा।' लड़की ने एक रोष में भरकर अपने दोनों हाथों को मरोड़ा। उसके हाथों में पकड़ी जगदीप की कमीज़ फट गई। 'क्या समझते हो बाबू, मैं कोई भीख मांगने वाली हूं?' लड़की ने अपने दोनों हाथों से अपना मुंह ढांप लिया। अब जगदीप को उसके सिसकने की आवाज़ सुनाई देने लगी।

बिजली कौंधकर चली गई थी और जाते समय पहले से भी अधिक अंधेरा फैला गई थी। उस अंधकार में जगदीप को लगा, कोई इंसान उसके साथ सिसक रहा था। जगदीप ने भींचकर उस सिसक रहे इंसान को अपने साथ लगा लिया, और फिर जैसे उसके आलिंगन में अपने को उसके सुपुर्द कर दिया।

······जब जगदीप की आंख खुली, उसके माथे पर हाथ रखकर शंकर हंस रहा था।

‘साहब! चाय पी लो, मैं आज तुम्हारा बैरा हूं।’

‘तू शंकर?’

‘मैं जानता था कि साहब की यह दशा होगी इसीलिए नौकर को मैंने चाय लेकर आने नहीं दिया।’

‘शंकर!’

‘कैसा सरपराइज़ दिया है!’

‘खामोश रह, शंकर।’

‘ऐसे क्यों बनता है यार! मज़े से रात कटवाई है।’

अब जगदीप से कुछ नहीं बोला गया। शंकर खिलखिलाकर हंस पड़ा और बोला—‘पहले तो यार तूने लड़की को डरा ही दिया।’

जगदीप फिर भी कुछ नहीं बोला। चुपचाप चद्दर परे हटाकर उसने गले की फटी हुई कमीज़ उतार दी और खूंटी से नई कमीज़ लेकर पहन ली।

मेज़ पर चाय पड़ी थी, जगदीप ने जैसे एक ही घूंट में पी डाली और अलमारी में से सौ का नोट निकालकर शंकर के हाथ में पकड़ा दिया—‘इस वक्त तू चला जा शंकर···एकदम चला जा।’

जगदीप अपने कमरे से बाहर नहीं गया। कुछ देर बाद पहले एक टैक्सी की आवाज़ सुनाई दी और फिर साथ वाले कमरे में से सबके चले जाने की आहट।

एक लम्बी सांस खींचकर जगदीप उठा और अपनी अलमारी के बड़े शीशे के आगे खड़ा हो गया। देखता रहा···देखता रहा, फिर जैसे शीशे में दिखाई पड़ रहे चेहरे को वह पंहचान न पाया। एक लम्बी सांस खींचकर वह शीशे के सामने से परे हटकर खड़ा हो गया।

9

जब से रामिन्दर ने नूरां का चित्र फाड़ा था, जगदीप ने सैकड़ों चित्र बनाए थे, पर उनमें सितारों की पोशाक वाली नूरां बनाने का साहस नहीं होता था।

अभी ताज़ा घटना के बाद जगदीप को जैसे अपना-आप झूठा लगने लग गया। एक ही विचार था, एक ही चेहरा था जिसे सोच-सोचकर जगदीप को अपना-आप सुच्चा लगता था। अब उस चित्र को फिर से बनाना उसकी लगन बन गया।

बरसों पहले जब वह आर्ट स्कूल में पढ़ता था और गांववाले चौबारे में बैठकर उसने अपनी कच्ची-पक्की कला से नूरां का जो स्कैच बनाया था, वह फिर से टटोला और उसका सहारा लेकर अपनी कल्पना से रंग भरने लग गया।

दिन-दिन चित्र बनता गया, उससे भी सुन्दर, कहीं सुन्दर, जो रामिन्दर ने फाड़ दिया था। जैसे ही चित्र तैयार होता गया, जगदीप को अपना-आप ठिकाने आता लगता रहा। और जिस दिन चित्र को फ्रेम करके जगदीप ने अपने स्टूडियो में लगाया, उस दिन उसे लगा कि उसके माथे पर से हथौड़े की चोट का निशान मिट गया था।

1646 के आखिरी दिन थे, जब जगदीप का मन दिल्ली से ऊब गया। अजंता-एलोरा की गुफाएं और दक्षिण भारत के प्राचीन मन्दिरों की मूर्तियों ने आवाज़ दी। अपने दो कमरे बन्द करके उसने तीसरा कमरा अपने एक दोस्त को रहने के लिए दे दिया और स्वयं अपनी कला के आह्वान पर चल दिया।

1947 गुज़रा और '48 भी बीत गया जब वह दिल्ली लौटा था। समाचारपत्रों में उसने बड़ा कुछ पढ़ा था। गांव से उसे जब भी पैसे आते थे, चाचे की कुशलता का भी पता चल जाता था।

पंजाब के सम्बन्ध में बड़ा कुछ लिखा होता था, पर जो कुछ उसने दिल्ली आकर देखा, वह उसकी सोच से बाहर था, जबकि लोग कहते थे कि ज़िन्दगी अपने ठिकाने पर आ गई थी। वह लोगों के मुरझाए मुंह ताकता। लाखों के मालिक कंगाल हो गए थे और जो लोग अपने परिवारों को खो आए थे, उनके मुंह ऐसे थे जैसे उनके अंग खो गए हों और वे अब अंगहीन इस धरती पर रेंग रहे हों। जगदीप को कभी 1947 की भयंकरता बहुत बड़ी लगती और कभी उस भयंकरता के मूल्य से खरीदी गई देश की स्वतंत्रता प्रिय लगने लगती।

जगदीप ने अपना स्टूडियो फिर से संवारा-बनाया। यद्यपि पिछले बरसों में उसके हाथ कला से और अधिक समृद्ध हो गए थे, पर अभी काम में दिल नहीं देते थे। जगदीप उदास हो गया, और उसने चाचा को चिट्ठी लिखी कि वह कुछ दिनों के लिए गांव आ रहा है।

चाची ने जगदीप का माथा चूमकर जिस चाव से कहा—'मैं सदके जाऊं,' जगदीप को एक बार तो ऐसे लगा जैसे वह चौदह बरस के वनवास के पश्चात् अयोध्या लौट आया हो।

'चाची, फिर कैसी रही?' जगदीप ने बार-बार पूछा।

'तेरा मुंह देखने को ही शायद ज़िन्दा रही हूं, नहीं तो पंजाब ने बड़े भयंकर दिन देखे हैं।'

'यहां हमारे गांव में भी कुछ हुआ था?'

'बच्चा ही रहा सारी उम्र! हमारे गांव में क्या देवताओं का निवास था?'

'पर यहां तो क्या हिन्दू और क्या मुसलमान—सब भाइयों की तरह थे।'

'सब जगह भाइयों की तरह थे, फिर तो जैसे सबको भूत

चिपट गए।

'कोई बुरी घटना भी घटी?'

'गांव में किसीका जाना-पहचाना चेहरा दिखाई देता है? जाने कहां से ले आए हैं। यहां के लोग उजड़कर वहां जा बैठे हैं और वहां के उजड़कर यहां।'

जैसे अचानक किसीको अपने पैरों के आगे सांप दिखाई दे जाए, जगदीप को एक विचार आया और उसने सहमकर चाची के चेहरे की ओर देखा।

'क्या बात है दीप?'

'चाची बेगमा···?'

'बेगमां बेचारी जाने कहां भटक रही होगी। यहां से तो अपने बच्चों के साथ बचकर निकल गई थी। तेरा चाचा और दो आदमी साथ के गांव तक पहुंचा आए थे। आगे उसके भाग्य हुए तो पहुंच गई होगी किसी ठिकाने, नहीं तो भगवान ही जाने!'

'बच्चे?'

'नूरां और उसका घरवाला भी साथ थे, दो बच्चे थे नूरां के।'

'तो वे सचमुच यहां से चले गए हैं?'

'पागल तो नहीं है तू? यहां जान गंवानी थी?···एक दिन मुश्किल से बचे थे, उनके घर को किसीने आग लगा दी थी।'

'आग?'

'देख तो सही जाकर, खण्डहर पड़ा है, हां सच······।'

'क्या चाची?'

'घर के पीछे जो बरगद था, उसे तो नूरां ने लगाया था न?'

जगदीप से कुछ कहा नहीं गया।

'पिछली दीवार जब गिरी, वह बरगद भी गिर गया।'

जगदीप को लगा कि उसका सारा शरीर कांप रहा था।

'जाते समय नूरां मेरे गले से चिपटकर बड़ी रोई, बहुत रोई।

कहने लगी कि घर का तो उसे कोई गम नहीं, उन्होंने वहां रहना ही कहां था, पर वह बरगद न गिरता, वह दीप की निशानी थी···।'

अब जगदीप से झेला नहीं गया। एक अबोध—बिलकुल अबोध बालक की तरह वह चाची के आंचल में मुंह छिपाकर रोने लग गया। जगदीप को याद नहीं था कि वह अपनी उम्र में कभी रोया हो। आज उसे यह लगा कि उसका रोना बरसों से थमा हुआ था।

'किसी एक के साथ थोड़े ही हुआ दीप, सबके साथ हुआ है,' चाची बराबर जगदीप की पीठ को थपथपाती और कहती, 'जो लोग उधर से आए हैं, और जो वे कहते हैं, सुनकर पैरों के नीचे से ज़मीन खिसकती है। तेरे मामा की तबदीली पहले ही जालन्धर हो गई थी, नहीं तो जाने उनका क्या हाल होता। लाहौर भी सुना है कि कोई कसर बाकी नहीं रही।'

संध्या समय जगदीप ने मुंह-हाथ धोया। चाची ने ज़ोर देकर उसे कुछ खिलाया। जगदीप को लगा, उसकी भूख मिट गई थी। खाने की भूख खत्म हो गई, जीने की भूख भी जाती रही··

जगदीप के पैर रुके नहीं। एक मोड़ गुज़रा, और फिर दूसरा मोड़। उसने बेगमां के ढह गए घर को पहचाना, खण्डहर में भी एक छप्पर-सा डालकर कुछ लोग रहते थे। वह दरवाजे के आगे से गुज़र गया। पीछे गया और पागलों की तरह उस जगह को टटोलता रहा, जैसे कोई खोई हुई सूई ढूंढ़ रहा हो।

—मां के हाथों की छाया किसीको नहीं चाहिए नूरां! न हिन्दुओं को और न मुसलमानों को···!—जैसे उसके भीतर से कोई कह रहा था।

10

सारा कश्मीर घूमकर जब जगदीप इच्छाबल आया तो उसके मन को कुछ शांति-सी मिली। बहुत-से लोगों को शायद इस जगह ज़्यादा चहल-पहल नहीं मिलती थी, वे आते थे और फिर चल देते थे। जगदीप को लगा, यह जगह उसे अपने पास रहने के लिए एक आवाज़ दे रही थी। बहुत सारे कमरों की एक बिल्डिंग थी, बड़े थोड़े-से किराये पर उसे एक अच्छा-सा कमरा मिल गया था। कमरे की पिछली खिड़की जैसे प्रकृति के आंचल में खुलती थी। वह जाने कितनी देर कमरे के सारे पर्दे तानकर खिड़की खोल लेता। कभी उसके मन में आता कि वह कुदरत के आंचल में जाकर उसकी विशालता में खो जाए, उसकी हरियाली से ढंका जाए, पर कभी-कभी उससे यह सुन्दरता सहन न होती। वह किसी फूल-पत्ती को छू न सकता। सौन्दर्य की विशालता से डर जाता और खिड़की में बैठकर उसे दूर से निहारता रहता।

एक दिन बाग की झील के किनारे बैठकर जगदीप अपने कागज़ और रंग में लीन था। उसे झील के पानी में एक परछाईं कांपती दिखाई दी। बड़ी ही सुन्दर-सी प्रतिमा थी। जगदीप का दिल हुआ, वह पीछे मुड़कर देखे कि परछाईं किसकी थी, पर फिर उसे लगा जाने उसके देखने से परछाईं वाली लड़की वहां से चल दे। फिर पानी में कोई परछाईं नहीं पड़ेगी और सामने की झील खाली हो जाएगी। वह अपने कागज़ों पर झुका रहा और झील का पानी, पानी में कांपती परछाईं उसके कागज़ पर उतरने लग गई।

बड़े हल्के-हल्के रंग उसके कागज़ पर उतरते रहे। झील के पानी को और पानी में हिलती परछाईं को जब उसने अपने कागज़ पर संभाल लिया, उसे परछाईं के खो जाने का जैसे डर न रहा और उसने जब पीछे की ओर देखा तो वहां फूलों से लदे एक वृक्ष के

पास कोई लड़की खड़ी थी।

किसी चित्र के अंगों में जैसे जान आ जाए, लड़की उसकी कल्पना-सी प्रिय थी। जगदीप ने देखा, उस लड़की का ध्यान उसकी ओर नहीं था। उसकी दृष्टि दूर वृक्षों में खोई हुई थी। पहलगाम के खेमों में रहते उसने कई लोग देखे थे—बर्तनों की खड़खड़ाहट और पार्टियों की चहल-पहल में बड़ी प्रसन्नचित्त औरतें; घोड़ों पर लम्बी-लम्बी सैर करती बड़ी ही शोख और लुभावनी लड़कियां ; पेड़-पौधों के झुरमुट में ताश खेलती, हंसती और गाती युवतियां ; रंग-बिरंगे कपड़े पहने एक मेला बनाकर चलती औरतें। कश्मीर की सैर करने के लिए आए परिवारों में उसे इससे पृथक् और कुछ नहीं मिला था।

आज जगदीप को लगा, यह लड़की इस धरती की नहीं थी। पिछले एक घंटे से इस तरह अडोल वहां खड़ी थी, जैसे फूलों के बाग में चुपचाप एक और फूलोंवाली बेल उग आई हो और अपने सारे चौगिर्दे में ऐसे रची हुई लगे जैसे वह दूसरे पेड़-पौधों से पृथक् न हो।

एक संतोष-सा मन में भरकर जगदीप वहां बैठा रहा। कभी वह दूसरे पेड़-पौधों को देखता और कभी एक पेड़ की भांति उग आई उस लड़की को। फिर जगदीप ने देखा—कोई युवक वहां आया उसने लड़की के कन्धे पर अपना हाथ रखा। लड़की ने चौंककर, मुस्कराकर उसकी ओर देखा और फिर वे दोनों वहां से चल दिए। जगदीप ने अपने हाथों अपने बनाए चित्र को टटोला, वह वहीं था। जगदीप ने बड़े ध्यान से चित्र की ओर देखा, कागज़ पर झील का पानी और पानी में कांपती परछाईं वहीं थे, कहीं नहीं गए थे।

रात को जब जगदीप अपने कमरे में सोने के लिए आया, उसकी निगाह दूसरे कमरों पर भी गई। उसके कमरे से कोई तीन कमरे छोड़कर जो कमरा था, उसीमें वह लड़की और उसका

साथी, जो शायद उसका पति था, ठहरे हुए थे।

दूसरे दिन बाग में उसने दो-तीन आदमियों को बातें करते सुना: 'रेखा यहां आई हुई है, रेखा और उसका पति।' जगदीप ने रेखा का नाम सुन रखा था। उसे बड़े कम लेखक आकर्षित कर पाए थे। कहानी से कविता उसे अधिक पसन्द थी। कभी-कभी कोई कविता उसके भीतर रचती लगती थी। अपने देश के उसे जितने लेखक पसन्द थे, रेखा उनमें से एक थी। उसने रेखा की पुस्तकें खरीदकर अपने पास रखी हुई थीं···

—वही रेखा होगी, अवश्य वही होगी; जो लड़की मैंने कल देखी थी, वह रेखा के सिवा और कोई नहीं हो सकती—जगदीप ने मन ही मन कहा।

उस दुपहर को जगदीप ने रेखा के कमरे का दरवाज़ा खट-खटाया। रेखा कमरे में ही थी, उसका पति भी वहां पर था। दोनों ने जगदीप को बड़े सम्मान के साथ कमरे में बिठाया।

'मेरा नाम जगदीप है।'

'जगदीप···चित्रकार?'

'आपने सुन रखा है?'

'हैरानी इस बात की नहीं, बल्कि इसलिए होती है, अगर न सुना होता।'

'मेहरबानी!'

'कितनी ही बार प्रदर्शनियों में आपकी चीज़ें भी देखी हैं। पिछले दिनों एक अखबार ने आपके कितने ही चित्र प्रकाशित किए थे।'

'आप मेरे फेवरिट लेखकों में से हैं, इस समय भी मेरे कमरे में आपकी दो पुस्तकें पड़ी हैं।'

'अब फिर मेहरबानी मैं कहूं!'

सारे हंस दिए। जगदीप को रेखा का पति भी बड़ा अच्छा लगा।

आने से पहले जगदीप को झिझक-सी थी, रेखा से नहीं, उसके पति से। पर वह रेखा से भी बहुत अधिक मिलनसार लगता था। उसने अपने नौकर से कहकर चाय मंगवाई और अपने हाथों जगदीप के लिए चाय का प्याला बनाया।

'कितने दिन रहेंगे आप?' जगदीप ने रेखा के पति से पूछा।

'रेखा को सारे कश्मीर में यह जगह बहुत अच्छी लगी है। हम जितने दिन भी रहें, यहीं रहेंगे।' रेखा के पति ने कहा।

कलवाला स्केच जगदीप अपने साथ लेता आया था, पर उसने सोच रखा था कि अगर दिखलाना ठीक लगा तो दिखलाऊंगा, नहीं तो लौटा लाऊंगा; पर अब जगदीप को दिखाने में कोई झिझक नहीं लगी।

'कल आप झील किनारे खड़ी थीं न?'

'हां। वहां किनारे पर कोई चित्र बना रहा था, आप थे?'

'आपकी परछाईं पानी में पड़ रही थी, मैंने स्केच किया था।'

जगदीप ने कागज़ खोला। पहले रेखा के पति ने पकड़ लिया। 'बड़ा प्यारा, बड़ा ही प्यारा!' उसने कहा।

'इसमें से रेखाजी को पहचाना नहीं जाता। सिर्फ परछाई है।'

'परछाई तो और भी सुन्दर लगती है।' रेखा के पति ने कहा।'

'अगर आप कहें, मैं इसका स्केच कर दूंगा एक दिन।'

'ज़रूर, ज़रूर!'

चाय खत्म हुई, और जब जगदीप चलने लगा, रेखा ने कहा, 'यहां कश्मीर आकर आपने बड़ा कुछ बनाया होगा, किसी दिन दिखाएंगे?'

'जिस दिन भी आपका मन हो। आपसे तीन कमरे छोड़कर मेरा कमरा है।'

दूसरे दिन, और फिर उससे दूसरे दिन भी रेखा और उसका पति जगदीप के कमरे में आए। जगदीप ने रेखा का स्केच बना दिया। सादी पेन्सिल-ड्राइंग थी और फिर जगदीप ने कहा, 'मैं कुछ दिन लगाकर आपका रंगीन चित्र बना दूंगा।'

'मेरा चित्र बनाने की बजाय······।'

'कहो······।'

'बहुत बड़ी बात लगती है।

'कहो तो सही।'

'अगर मेरे किसी गीत की पंक्तियों को······।'

'मैं ज़रूर बना दूंगा, जो पंक्तियां कहें······।'

फिर एक दिन रेखा ने जगदीप के कमरे में आकर कहा, 'आज मुझे सब चित्र दिखाइए, अगर आपके पास समय हो···।'

'वे साथ नहीं आए?'

'रात एक तार मिला था और वे चार-पांच दिन के लिए जम्मू चले गए हैं।'

'आप अकेली रहेंगी?'

'कोई डर की बात नहीं, नौकर बड़ा पुराना है, बड़ा अच्छा है, और वे चार-पांच दिन में तो आ ही जाएंगे······।'

'अगर मेरी कभी ज़रूरत पड़े·········।'

'आप नज़दीक ही हैं, कोई ज़रूरत हुई तो···।'

जगदीप ने अपना सूटकेस खोला। कई चित्र तो बाहर ही थे, कमरा ही जैसे कागज़ों से भरा पड़ा हो, मेज़ पर कागज़, कुर्सियों पर कागज़, पलंग पर कागज़! एक चित्र जगदीप ने दीवार पर लगा रखा था। ये सब चीज़ें रेखा ने देखी हुई थीं। आज जगदीप उसे सूटकेस में संभालकर रखे चित्र दिखाने लग गया।

'यह दीवार पर जो चित्र है, जिसके नीचे 'सपना' लिखा हुआ है, यह किसका चित्र है?'

जगदीप से तुरन्त उत्तर देते नहीं बन पड़ा। फिर संभलकर उसने कहा—'नूरां का।' नूरां कौन थी और कहां थी—रेखा जैसी लड़की को पूछने की ज़रूरत नहीं थी। जगदीप की झुकी पलकों ने जो कहानी कही, वह रेखा ने सुन ली थी।

'कभी-कभी मुझे लगता है, लिखने का मीडियम अधूरा है।' रेखा ने कहा।

'पूर्ण तो कोई मीडियम भी नहीं होता। चाहे कितना कुछ भीतर से निकाले जाओ। लगता है, बात नहीं बनी।'

'वैसे तो यही चीज़ होती है जो बार-बार लिखवाती है, उत्त-रोत्तर अपना विकास मांगती है···पर शब्दों का सहारा बड़ा अधूरा होता है, बड़ा ही अपूर्ण···।'

'पर कई रचनाएं तो आदमी को हिला देती हैं।'

'मुझे अपनी किसी-किसी पंक्ति में सन्तोष का अनुभव होता है, पर अन्त में कोई सन्तोष नहीं होता, जैसे कुछ भी शब्द की पकड़ में नहीं आता।'

'आपने मुझसे एक दिन कहा था, मैं आपकी कोई पंक्तियां··· आपको अपनी कौन-सी पंक्तियां पसन्द हैं?'

'कुछ भी पसन्द नहीं···कभी-कभी तो मुझे लगता है, मैं कुछ न लिखूं···लिखना भी मुझे···।'

'क्या कहने लगी थीं?'

'कुछ नहीं।'

आगे खामोशी नहीं टूटती थी। फिर जगदीप को एक सहारा हाथ लग गया, और उसने कहा—'आपकी वे पंक्तियां—हृदय में चिनगारी सुलगाकर सांस जब लेता है कोई—वे कल्पना से कही गई हैं?'

'हां।'

'पर कल्पना का हमारी दुनिया में कोई अर्थ नहीं होता, दुनिया

गिनती-मिनती का एक सवाल होती है, कोई भी पढ़ सकता है, पर कल्पना का अर्थ न गिना जाता है, न मापा जाता है···।'

'हम कुछ लोग पागल होते हैं, जीते ही कल्पना के सहारे पर हैं।'

'पर एक समय वह आता है, जब हमारी कल्पना हमारा ही मज़ाक उड़ाती है···हमारे भीतर एक ऐसा सवाल डाल देती है कि जिसका उत्तर शायद बना ही नहीं होता···।'

जगदीप को लगा, यद्यपि उसके मन में पानी कभी रुके थे, लहरें बन-बनकर उसके जिस्म को लगते रहते थे, पर कभी जब वह कोई चित्र बनाया करता था, उसे लगने लगता था कि उन पानियों पर कोई पुल बन जाता था, यहां खड़ा होकर वह पानियों की विशालता को देख सकता था; और कुछ देर के लिए लहरों के थपेड़ों से बच जाता था, पर इस क्षण जगदीप को लगा कला का पुल भी टूटता जाता था और पानी की लहरों में उसके पैर उखड़ रहे थे। रेखा ने यह क्या कहा था: कल्पना हमारे भीतर कोई सवाल डाल देती है, जिसका जवाब शायद बना ही नहीं होता! ···जगदीप सोचा करता, यह सवाल सिर्फ उसीके अन्दर था, सिर्फ उसीके अन्दर···आज उसे लगा, यह सवाल रेखा के अन्दर भी था। और न जाने कितने लोग उस जैसे या रेखा के समान होते होंगे, जिनके अन्दर यह सवाल होता होगा, और जैसे सवाल डालने के लिए वे कविता लिखते होंगे, वे चित्र बनाते होंगे, वे संगीत के स्वरों को जोड़ते होंगे···कभी किसीको जवाब नहीं मिलता था, कोई भी भगवान जवाब नहीं दे सकता था···पर जिस सवाल का जवाब ही नहीं बना, कभी नहीं बना—वह सवाल कहां से मन में पड़ जाता था, क्यों पड़ जाता था, उसका अस्तित्व कहां से बनता था, क्यों बनता था···

'मुझे आज तक पता नहीं चला, जो भी पढ़ती हूं, जो भी

लिखती हूं, सवाल जैसे और भी बड़ा होता जाए, और जवाब कोई न हो।'

'लोग लेखकों के संबंध में कहते हैं कि उनके पास ज़िन्दगी का हल होता है।'

'यह हल शब्द मुझे मज़ाक लगता है, मैं तो जैसे-तैसे देखती हूं, भीतर का खलाव जैसे बढ़ता जाता है, हरेक क्षण बढ़ता जाता है। सारे शब्द और सारी बातें जैसे हमारे गिर्द एक शोर-सा डाल देती हैं। हमारी शोहरत, प्रसिद्धि भी हमें सिर्फ शोर-गुल लगती है···।'

रेखा जैसे हांफ गई थी। वह सारे चित्र एक ओर रखकर खिड़की में चली गई और उसकी दृष्टि सामने दिखाई पड़ रहे वृक्षों में खो गई।

'मुझे अपनी कोई ऐसी चीज़ सुनाएं, जो आपको भी कभी अच्छी लगती हो।' जगदीप ने बड़ी देर बाद रेखा के पास खिड़की में आकर कहा।

'दो-चार पंक्तियां हैं, कभी-कभी लगता है, उनमें मैंने कुछ कहा हो।'

जगदीप ने कुछ नहीं कहा। रेखा धीरे-धीरे वे पंक्तियां गुन-गुनाने लगी:

'मेरी रात जाग रही है
तेरा ख्याल सो गया है
सूरज का वृक्ष तो खड़ा है
पर आज किसीने किरणें तोड़ ली हैं।
आज किसीने चांद की किनारी
अम्बर के आचल से उधेड़ ली है।
मेरी रात जाग रही है
तेरा ख्याल सो गया है।'

फिर न रेखा बोल पाई और न जगदीप। जाने कितनी देर

हो गई। जगदीप ने एक बार इतना-भर कहा, 'मेरे पास शब्द नहीं हैं, कुछ नहीं कह सकता।'

उस रात जब़ जगदीप अपने कमरे में था, शायद नींद में हो—पर उसे लगा, वह जागता था, और सामने एक रोशनी थी, रोशनी की प्रतिमा थी। उसकी आकृति एक वृक्ष की सी थी। फिर वृक्ष से जैसे एक शाखा टूट गई। उस जगह अंधेरा फैल गया। फिर दूसरी शाखा, फिर तीसरी और फिर देखते-देखते रोशनी की शाखाएं टूटती रहीं, अंधेरा बढ़ता गया और फिर अंधेरे में एक काला और दानव-सा वृक्ष उस जगह को डरावना बनाने लग गया······फिर जगदीप ने देखा—उसके सामने बड़ा ही सुन्दर और नीला आसमान था। भरा-पूरा चांद था, और फिर किसीने अपने नाखूनों से चांद को उधेड़ना शुरू कर दिया··जगदीप ने घबराकर बत्ती जलाई। वहां उसके चारों ओर रंग, ब्रुश और कागज़ बिखरे पड़े थे। न चांद की किरणें थीं, न उधड़ा हुआ चांद था। जगदीप ने रेखा का जो स्केच बनाया था, वह देखा। बड़ी खामोश, सादा और एक गम्भीर-सी लड़की थी। कौन जानता था, उसने सूरज के वृक्ष से किरणों की शाखाओं को टूटते हुए देखा था, और आसमान के कपड़े पर से चांद की किनारी उधड़ती देखी थी। जगदीप को लगा, उसके भीतर का सवाल और भी बड़ा—और भी बड़ा हो गया था······

पांच दिन गुज़र गए। रेखा के पति का तार आया कि उसका अब अपने काम-धन्धे से निकलना मुश्किल है, इसलिए वह नौकर को साथ लेकर जम्मू चली आए।

रेखा ने जब अपना सामान बांधा, जगदीप ने आकर उसे कहा, 'श्रीनगर से आपको बस पकड़ने में तकलीफ होगी, अगर आप कहें

तो मैं श्रीनगर तक छोड़ आ सकता हूं।'

'आप अगर तकलीफ महसूस न करें···।' रेखा ने इससे आगे और कुछ नहीं कहा, और जगदीप रेखा को श्रीनगर तक छोड़ने चला गया।

श्रीनगर पहुंचकर पता चला कि बसों का आना-जाना बन्द है। बारिशों से बनिहाल से इधर का रास्ता टूट गया है।

जगदीप ने एक अच्छे-से हाउसबोट में रेखा के रहने का प्रबन्ध कर दिया और एक छोटा-सा हाउसबोट अपने लिए ले लिया। पता चला कि कम से कम तीन दिन तक बसों का आवागमन रुका रहेगा।

उस रात जब जगदीप अपने हाउसबोट में सोया पड़ा था—उसने देखा, रेखा उसके पलंग से थोड़ी ही दूरी पर खड़ी थी। बड़ा प्यारा और दैवी चेहरा था रेखा का। रेखा के आंखों में जाने क्या था, जगदीप से वे झेली न गईं। उसने एक मिन्नत के स्वर में कहा:

'बैठ जाइए रेखा।'

रेखा खामोश रही, अपनी जगह पर अडोल खड़ी रही और फिर धीमे से रेखा की आवाज़ सुनाई पड़ी—'मैं नूरा कैसे बनूं?'

जगदीप चौंककर उठ बैठा। कैसा विचित्र सवाल था! फिर उस रात जगदीप सो न सका।

अगली सवेर जब जगदीप रेखा से मिला, उसने अपनी हैरानी को समेट लिया था। रेखा के साथ बैठकर उसने रोटी खाई और फिर दिन का बाकी समय बिताने के लिए वे शिकारे में बैठकर डल के किनारे आ गए और एक बाग में चले गए।

बातें करने की जैसे ज़रूरत खत्म हो गई थी, या इतनी ज़रूरत पड़ गई थी कि हरेक बात काफी नहीं लगती थी। कितनी देर दोनों में से किसीने बात भी शुरू नहीं की। रेखा को बैठने के लिए पीले फूलों वाले वृक्ष की छाया अच्छी लगी।

'यहां बैठ जाएं?'

'हां।'

'आप पहले यहां पर आए हैं?'

'मुझे लगता है कि मैं पहले कहीं भी नहीं आया।'

जगदीप ने इतना गम्भीर होकर कहा था, रेखा ने एक बार उसकी ओर, देखा, पर कहा कुछ नहीं।

'आप थक-से गए लगते हैं, थोड़ा-सा आराम कर लें।' कुछ देर बाद रेखा ने कहा।

वृक्ष के नीचे जैसे पीले फूलों का बिछौना बिछा था। जगदीप वृक्ष की ओट लिए बैठा रहा। फिर उसने कहा:

'हवा से कोई-कोई फूल गिरता है। मेरा दिल करता है, इतने फूल गिरें···इतने कि मैं उन्हीं में लिपट जाऊं। फूलों की कब्र बन जाए, और मैं कब्र में सोया रहूं।···'

रेखा ने कुछ नहीं कहा। फूल झरते रहे, जगदीप पर भी, रेखा पर भी।

दुपहर की धूप में सन्ध्या का अंधेरा घुल गया।

'चलें?'

'चलो।'

कोई घंटों पश्चात् दोनों ने एक-दूसरे की आवाज़ सुनी।

बारादरी की पथरीली दीवरों को खोद-खोदकर लोगों ने अपने नाम लिख छोड़े थे। जगदीप को वे ऐसे लगे जैसे दृष्टि के पैरों के आगे कंकर आ जाएं।

'इस तरह किसीको अपना नाम लिखने में क्या संतोष मिलता। है?' जगदीप ने कहा।

'बेचारे लोग दिलों की दीवार पर नाम नहीं लिख सकते, समय की दीवार पर नाम अंकित नहीं कर सकते। और इस तरह एक तसल्ली-सी ढूंढ़ते हैं।' रेखा ने धीमे से कहा।

जब वे बाग से लौट रहे थे, रेखा एक सरू के पेड़ के पास खड़ी हो गई। दोनों हथेलियों में रेखा ने सरू के पत्तों को कितनी बार पकड़ा और छोड़ दिया। पत्तों के साथ लगे हुए हरे दाने उतार लिए—दोनों हाथों में भर लिए। बाग से बाहर निकले थे जब रेखा ने वे दाने जगदीप की हथेली पर पलट दिए। जगदीप ने सारे दाने अपनी जेब में डाल लिए।

रेखा को उसके हाउसबोट में छोड़कर और रोटी खाकर जब जगदीप अपने हाउसबोट को लौटा तो उसने जेब में से सारे दाने निकालकर अपनी मेज़ पर रख लिए और फिर उसे जाने क्या ख्याल आया, उसने अपने सूटकेस में से सुई-धागा निकाल उन दानों की माला पिरो ली।

अगला दिन जगदीप और रेखा ने जिस बाग में बिताया उसके किनारे पर बारादरी का एक ऊंचा कोना अभी जैसा का तैसा खड़ा था। सीढ़ियां चढ़कर जब जगदीप और रेखा ऊपर गए, उसका एक छोटा-सा कोना छोटी-सी खिड़की जैसा था, और इस खिड़की में खड़े होते ही जगदीप जैसे चौंक पड़ा। पिछली रात जगदीप ने एक स्वप्न देखा था कि एक घने जंगल में छोटी-सी झोंपड़ी है, घास-फूस की छत और मिट्टी से पुती हुई दीवारें। वह और रेखा उस झोपड़ी में खड़े होकर इर्द-गिर्द के भरे-पूरे जंगल को देखते हैं······जगदीप को लगा, टूटे-फूटे पत्थरों की बारादरी का यह कोना वह झोंपड़ी था, जहां वह रेखा के पास खड़ा भरपूर जंगल को देख रहा था।

'क्या सोचते हो?' रेखा ने हौले से पूछा।

'अब मुझे लगता है, मैं एक दिन में बहुत बरस बड़ा हो गया होऊं······'जगदीप ने और अधिक कुछ नहीं कहा।

उस संध्या को जब जगदीप और रेखा लौटे, तो कहीं बैठकर उनका चाय पीने को दिल हुआ।

एक अच्छा-सा होटल था। भीतर गए, उनका दिल चाहता था कि अधिक भीड़ न हो। पर कमरे में बहुत लोग थे। एक ओर मेज़ खाली थी, वे बैठ गए। चाय अभी आई नहीं थी, और लोगों की निगाहें पहले ही आ गईं।

जगदीप और रेखा ने लाख प्रयत्न किया कि उन्हें चाय के प्यालों के अतिरिक्त और कुछ भी दिखाई न दे, पर आपस में बातें करते हुए भी धीमी-सी कोई आवाज़ सुनाई पड़ ही जाती—'रेखा··· कवयित्री···' और अपने ध्यान में बैठे जगदीप और रेखा को अपने जिस्मों पर लोगों की आंखें चुभने लग गईं।

चाय का प्याला खत्म होते ही रेखा उठ खड़ी हुई। जगदीप ने अपना प्याला बीच ही में छोड़ दिया, चाय का बिल दिया और वे बाहर आ गए।

शिकारे में बैठकर जब वे हाउसबोट को लौट रहे थे, रेखा ने कहा—'औरतों की ज़िन्दगी भी कठिनाइयों से भरी हुई है!'

अगली सवेरे रेखा को चल देना था। उस रात जगदीप सो न पाया। तनिक आंख मिचती तो उसे रेखा का मुंह दिखाई पड़ता और फिर देखते-देखते वह नूरां का मुंह बन जाता। जगदीप चौंककर जाग पड़ता, कई बार पलंग पर से उठकर हाउसबोट की खिड़की में खड़ा हो जाता। बाहर डल के पानी में भी शान्ति नहीं थी, जैसे पानी के पैरों को भी खड़ा होने की जगह न मिलती हो। जगदीप फिर पलंग पर आ जाता, तनिक आंख मिचती, नूरां का भोला और मासूम चेहरा उसके सम्मुख होता और फिर मासूम चेहरे पर बरसों की गम्भीरता आ जाती और वह रेखा का मुंह बन जाता।

सवेर हुई। जगदीप रेखा के हाउसबोट में गया। रेखा अपना सामान संभाल रही थी।

'मेरा स्केच नहीं मुझे दोगे?' रेखा ने कहा।

'मैं लेकर आया हूं।'

'और वह दूसरा?'

'कौन-सा?'

'झील की परछाईं वाला।'

'परछाईं मेरे पास रहने दो।'

रेखा खामोश हो रही। सामान संभालने में लगी रही। नौकर ने मेज़ पर चाय ला रखी थी। रेखा ने दो प्याले बनाए, और प्लेट में बादामों की भुनी हुई गिरियां डालती हुई बोली:

'ज़िन्दगी की चिनगारी बड़ी प्रबल होती है।'

'सारी कला इस भीतर की चिनगारी से जागती है।'

'जैसे ज़िन्दगी को कला प्यारी हो और आदमी प्यारा न हो।'

'शायद।'

'आदमी चाहे सारी उम्र उस चिनगारी से जलता रहे, ज़िन्दगी कला बनाती रहेगी। कौन जानता है, आदमी को कला का क्या मोल अदा करना पड़ता है। पता होता है कि धूप से चमकती रेत पानी नहीं होती, पर फिर भी उससे पानी का भ्रम होता है, आदमी उसके पीछे दौड़ने लग जाता है......' रेखा ने चाय का दूसरा प्याला बनाया और फिर कहने लगी, 'कल रात मुझे ऐसे ही दिखाई पड़ा जैसे रेगिस्तान में फूल खिले हुए हों......हरेक जगह पर सफेद कलियां, जहां भी देखूं दूध-सी सफेद कलियां...और मैंने कलियां तोड़-तोड़कर अपनी झोली भर ली...फिर मुझे दिखाई दिया...बहुत कुछ दिखाई दिया...मैं सुबह उठकर लिखती रही।' रेखा ने एक कागज़ जगदीप को पकड़ा दिया। जगदीप ने पढ़ा:

'ज़िन्दगी, अपना द्वार बन्द न करो।
सिदक की लाज रख लो।
सुनो रेगिस्तान से किसी के
कदमों की आवाज़ आ रही है

ज़िन्दगी, अपना द्वार बन्द न करो।
ज़रा एक बार देखो
मस्तक पर किरणें बांधकर
सूर्य फिर से आया है
ज़िन्दगी अपना द्वार बन्द न करो।'

जगदीप का माथा झुक गया, हाथ में पकड़े कागज़ तक झुक गया। नौकर ने मेज़ पर से खाली प्याले उठा लिए। जाने का वक्त हो गया था।

'यह मैं रख लूं?' जगदीप ने हाथ में पकड़े हुए कागज़ की ओर देखकर कहा।

'हां।' रेखा ने इससे अधिक कुछ नहीं क़हा।

'यह मेरे लिए ज़िन्दगी का सन्देश होगा।'

'ज़िन्दगी का हर संदेश एक भ्रम होता है।' फिर दोनों में से कोई नहीं बोला। हाउसबोट का किराया देकर रेखा और जगदीप बस के अड्डे पर आ गए। रेखा के लिए जगदीप ने सीट ले रखी थी। सामान रखा गया। समय हो गया, और फिर जब बस चली तो सड़क पर पीछे रह गई धूल को देख कर जगदीप को लगा : आज नूरां उसके पास से दूसरी बार खो गई थी।

11

इस बार जगदीप ने चाची से वादा कर रखा था कि वह कश्मीर से लौटते समय गांव होकर दिल्ली जाएगा। साथ ही चाची ने उसे कहा था—

'मुझे वीरां मिली थी, तेरी नई शाहणी। किसीकी शादी पर आई थी, तुझे याद करती थी!'

'भली-चंगी थी?'

'हां, उसे तो जैसे फिर से जवानी चढ़ी हुई थी।'

'सच!'

'कहती थी कि मैं दीप का अहसान नहीं उतार सकती, उसने तो मेरा जन्म संवार दिया है।'

'कुछ और कहती होगी?'

'कहती थी कि हमने साथवाले गांव में काफी ज़मीन खरीदी है···उसके दो बड़े प्यारे बच्चे हैं। बार-बार तेरा नाम लेती थी कि दीपे से कहना, मुझे एक बार तो मुंह दिखा जाए।'

'अच्छा चाची, जाऊंगा कभी!'

उस बार जगदीप को नूरां के गम ने कहीं नहीं जाने दिया। अब कश्मीर से लौटते हुए फिर उसकी याद आई और जगदीप अपने गांव चला आया।

कोई पांच-छः दिन जगदीप अपनी चाची के पास रुका, और फिर नई शाहणी का गांव पूछकर वह उसे मिलने चल दिया। पूछ-पुछाकर घर ढूंढ़ लिया।

'री, मैं सदके जाऊं—मेरा दीपा!' शाहणी के पैर ज़मीन पर नहीं लगते थे।

'खुश है शाहणी?'

'मुझे शाहणी क्यों कहता है, मैं तो तेरी वीरां हूं, वही वीरां।'

'तू सचमुच शाहणी है वीरां, शाह दिल से बनते हैं।'

'मैं तो कंगाल थी दीप, तूने ही मुझे शाहणी बना दिया।'

वीरां ने सेहन में नवार की खाट डाली। अन्दर से कोरा खेस निकाल लाई बिछाने के लिए।

'तू तो मुझे भूल ही गया दीप।' वीरां जब दूध का गिलास भर चुकी तो उसने जगदीप के पास बैठकर कहा।

'इतनी दूर से तुझे मिलने आ रहा हूं, भूल कैसे गया हूं!'

'कहते हैं कि अब तू बड़ा आदमी हो गया है।'

'मापकर देख ले, कितना बड़ा हो गया हूं।'

'वही दीपा है तू तो, मैं सोचती थी कि जाने अब तू हमारे साथ बात भी करेगा!'

'क्यों, अब मुझे क्या हो गया है?'

'अब तो अखबारों में तेरी तस्वीरें छपती हैं। हमारे गांव में भी अखबार आती है। जब मैंने पहली बार तेरी तस्वीर देखी, तो सबको दिखाती फिरी, मेरा दीप···संभालकर ट्रंक में रख छोड़ी है।'

'सचमुच!' जगदीप हंस दिया।

'मैं कहा, अभी तू शादी नहीं कराएगा? बूढ़ा होकर कराएगा क्या?'

'मुझसे शादी करती कोई नहीं।'

'हूं! बातें बनानी आती हैं, वैसे कह कि कोई तेरी निगाह में टिकती नहीं।'

'सच—निगाह में तो टिकती है पर···'

'फिर पर क्या हुआ?'

'या कोई और जगह शादी कर लेती है और या वह पहले ही ब्याही हुई होती है।' जगदीप खिलखिलाकर हंस दिया।

'बातें कितनी बनाता है, शहर में रहते हुए तुझे बातें बनानी खूब आ गई हैं।'

'तुझे भी तो आ गई हैं—पहले तू बात नहीं किया करती थी।'

'जा परे!' वीरां लजा गई।

'बच्चे कहां हैं···?'

'तुझे किसने बताया?' वीरां लज्जा से लाल हो गई।

'अच्छा, यह बता, वे मेरे क्या लगे?' जगदीप ने हंसते हुए पूछा।

'मैंने तेरी तस्वीर उन्हें दिखाई थी और कहा था, यह तुम्हारा

मामा लगता है।' वीरां की हंसी फूट पड़ी।

'मामा किस रिश्ते से?' जगदीप ने वीरां की पीठ पर एक हलकी-सी थाप जमाई।

'बैठ परे!' वीरां हंसते-हंसते दोहरी हो गई।

'पर दिखा तो सही···मुझसे छिपाकर रखेगी?'

'ननिहाल गए हुए हैं। रात को जाने लौट आएं, उनका बापू लेने गया हुआ है।'

वीरां जब उठने लगी, जगदीप ने उसकी बांह पकड़ ली, 'बस जी भर गया बातें करके?'

'चौके की खबर लूं, तू बातों से तो रोटी नहीं खाएगा!'

'रोटी खाने को रोज़ मिलती है, तेरी बातें तो नहीं मिलेंगी!' जगदीप हंसने लग गया। वीरां को खुश देखकर आज वह बड़ा खुश था। वह ऐसे खुश था जैसे कोई अपनी बेटी-बहन को खुश देखकर खुश हो।

'यहां मेरे पास आकर बैठ जा, ऊंचा मूढ़ा रख देती हूं।' और वीरां ने चौके में मूढ़ा रखकर जगदीप को अपने पास बुला लिया। स्वयं वह दहलीज़ में बैठकर दाल बीनने लग गई।

वीरां ने दाल रखी। आलू उबाले। मीठी सेवियां बनाईं। साथ ही वह छोटी-छोटी बातों में लगी रही।

'मुझे अपने ब्याह पर बुलाएगा? शहर की लड़कियां कैसी होती हैं?···उनमें बहुत मिजाज़ तो नहीं होता···तेरी चाची कहती थी, तू विलायत जाएगा। वहां से मेम तो नहीं ले आएगा?'

जगदीप हंसता रहा। कभी उत्तर देता, कभी नहीं देता। तवे पर से परांवठा उतारकर वीरां ने जगदीप को रोटी डाल दी।

'सबको देख लें···फिर रोटी खाएंगे।'

'जाने वे कब आते हैं और फिर उन्हें मेरी मां रोटी खिलाकर भेजेगी; ऐसे वह कब आने देती है।'

'अच्छा, पहले तू पका ले, तू और मैं मिलकर खाएंगे।'

'न भाई। गर्म-गर्म रोटी खा।'

'ऊं-हं······'

वीरां ने हार मान ली। जब पांच-छ: परांवठे पका चुकी, उसने जगदीप से कहा, 'आ, मां-बेटा मिलकर खाते हैं।'

जगदीप ने कौर तोड़ते हुए कहां, 'पहले तू यह बता, तू मेरी मां लगती है, बहन लगती है या बेटी लगती है?'

'मैं तेरी सब कुछ लगती हूं।' वीरां की आंखें सजल हो गईं।

थोड़ी-थोड़ी रात हो गई थी, जब किसीने ड्योढ़ी का द्वार खटखटाया। वीरां के दोनों बच्चे और उनका पिता आया था।

'बताओ तो भला, आज हमारे घर में कौन आया है···' खिल-खिलाकर हंसती हुई वीरां ने कहा।

'मैं बताऊंगा।' जगतराम की आवाज़ आई।

'कभी भी नहीं बता सकते।'

'अगर बता दूं?'

'रुपया-रुपया शर्त।'

'तो निकाल रुपया।'

'मैं क्यों निकालूं—आप निकालें।'

'खुद ही देगी, दूध में धोकर देगी।'

'अच्छा दो-दो रुपये की शर्त।'

'बेशक पांच की लगा ले, मैं ही जीतूंगा।'

'अच्छा, फिर पांच-पांच।'

'जगदीप आया है।'

'किसने बताया?' वीरां हैरान हुई।

'अगर वह न होता, तो क्या तू शर्त लगाती!' जगतराम ने हंसते हुए कहा।

जगदीप खाट पर से उठ बैठा। जगतराम उससे आलिंगनबद्ध

होकर ऐसे मिला जैसे चिर से बिछुड़े दोस्त मिले हों।

दोनों बच्चे चुपचाप जगदीप को देख रहे थे। बारी-बारी से दोनों को जगदीप ने गोद में ले लिया।

'इनसे तो मैं अभी दोस्ती कर लूंगा।' जगदीप ने कहा और कश्मीर से लाई फलों की पेटी खोलने लग गया।

जगतराम को मिलने से पहले जगदीप के मन में थोड़ी-सी झिझक थी, पर जगतराम की हरेक बात से उसे लगा कि जैसे कोई पुराना दोस्त मिला हो। जगतराम ने अपने हाथों खरीदी ज़मीन, और अपनी फसल की बातें ऐसे छेड़ दीं कि जगदीप को फिर-फिर ख्याल आता, अगर आदमी का दिल मुहब्बत की दौलत से भरा-पूरा हो, उसके हाथों क्या करामात नहीं हो सकती।

सेब और आलू बुखारे खाते बच्चे जगदीप से ऐसे बातें करते रहे जैसे चिर से हिल-मिले हों।

अगली सवेर जगदीप को वहां से चलना था, पर वीरां ने उसकी बांह पकड़कर आंखें भर लीं—'न मेरे वीर! आज का दिन और रह ले—फिर जाने कब मिलेगा!'

जगदीप से इन्कार नहीं हुआ।

उससे अगले दिन जब जगदीप चला, उसने वीरां को बांहों में ले लिया। वह ऐसे खुश था जैसे कोई अपनी बेटी-बहिन को खुश देखकर खुश हो।

12

दिल्ली आकर सबसे पहला चित्र जो जगदीप ने बनाया, वह सरू के पेड़ के पास खड़ी रेखा का था, जो सुई-धागा लेकर पेड़ के हरे दानों की एक माला पिरो रही थी। चित्र में उसने रेखा

का आधे से ज़्यादा मुंह पत्तों की ओट में दिखाया था। उसे मालूम था, जब लोग मुंह पहचानने लगते हैं, उनकी आंखों में कांटे उग आते हैं। वे जब किसीको देखते हैं, दूसरे के मुंह पर जैसे कांटे चुभने लगते हैं। वह रेखा के मुंह को किसी भी ऐसी आंख से बचाना चाहता था।

उसने अपना और रेखा का चित्र बनाया। देखनेवालों के लिए उन्हें पहचानना मुश्किल था, क्योंकि देखनेवालों की तरफ उनकी पीठ थी। पीले फूलों के नीचे वे खड़े थे। उनके पैरों के नीचे फूलों का बिछौना था और सिर पर फूलों की वर्षा।

एक चित्र में जगदीप ने बादलों की तरह अंधेरे में झुरमुट बनाए और एक छोटी बारीक रोशनी की लकीर बनाई, जो अंधेरे की तह चीर रही थी। इसके नीचे जगदीप ने बड़ी बारीक-सी पंक्ति लिखी : 'रोशनी की एक लकीर लाख अंधेरे को चीरती है।'

जगदीप चित्र बनाता जाता और उसका सवाल बड़ा होता जाता है। उसे लगता रोशनी की लकीर ने ज़ुल्म किया था, उसने उसे दिखाया था कि उसके अंधेरे कितने गहरे थे। यह रोशनी की लकीर ऐसी थी, जो हर समय किसीकी कमी की ओर अंगुली करती जाए।

प्रदर्शनी-गैलरी वालों ने जगदीप को लिखा कि वे अगले महीने जगदीप के चित्रों की प्रदर्शनी करना चाहते हैं। साथ ही उसे समाचारों की फिल्म बनाने वालों ने संदेश भेजा कि वे अगले सप्ताह उसके स्टूडियो में आकर फिल्म लेंगे। अपनी पसंद के सबसे अच्छे चित्र को आगे रखकर काम करते हुए चित्रकार की भी अगर वे तस्वीर ले सकें, तो बड़ा अच्छा होगा।

अपनी पसंद का चित्र जगदीप को जब भी चुनना होता कितने ही चित्र सामने रखता, पर उसकी निगाह एक ही स्थान

पर आकर अटक जाती···सितारों वाली पोशाक पहनकर सपने की भांति खड़ी नूरां···

जगदीप की ज़िन्दगी का यह तीसरा मौका था, जब कि उसने सोचा—वह इस चित्र को फिर से बनाएगा।

हर बरस उसे लगता था, जैसे पिछले बरस वह अब जितना अच्छा कलाकार नहीं था, पिछले काम के लिए संतोष संतोष न रहता। कला उसे हाथ के इशारे से अपनी ओर बुलाती, वह आगे होता, कला और आगे बढ़ जाती।

इस बार जगदीप ने नया चित्र बनाया, तो नूरां के भोले और मासूम चेहरे में रेखा के चेहरे की गंभीरता घुल गई···एक दैवी प्रभाव पड़ता था। नूरां और रेखा जैसे मिलकर एक हो गई थीं। जगदीप को कोई अन्तर नहीं लगता था।

फिल्म ली गई। जगदीप के स्टूडियो की दीवार के साथ लटक रहे चित्रों को, और कैनवस पर काम करते चित्रकार की। कला में लगे चित्रकार की जब उन्होंने तस्वीर ली, तो उसमें कैनवस और चित्रकार के हाथ को सामने रखा था, चित्रकार को नहीं। उस तस्वीर में जगदीप की पीठ दिखाई देती थी। पिछली ओर ऊंची जगह कैमरा रखकर फिल्म ली गई थी।

—बेचारे लोग हृदय की दीवार पर अपना नाम नहीं लिख सकते, समय की दीवार पर अपना नाम नहीं खोद सकते, झूठी तसल्ली खोजते हैं।—रेखा के बोल जगदीप को याद आए। आज की फिल्म में उसे एक बात अच्छी लगी, फिल्म में उसका मुंह सामने की ओर नहीं था। सामने उसकी कला थी, उसकी नूरां और उसकी रेखा का मुंह, जैसे समय की दीवार पर उसका नाम लिखा गया हो।

जगदीप जैसे काम को फैलाता, उसके मन का खलाव और बढ़ता जाता। कभी उसे रेखा के बोल बींध जाते—कभी वह भी

समय आता है, जब तुम्हारी कल्पना तुम्हारी हंसी उड़ाती है।

लोग जगदीप को कहते थे, 'तेरी किस्मत की रेखा तेज़ है भई, नहीं तो कलाकारों को जीते-जी कौन पूछता है! ...' और जगदीप के मन में एक बोल उथल-पुथल मचा देता, उसकी हथेली पर रेखा क्यों नहीं—रेखा वाली रेखा...और उसे अपने हाथ की सारी हथेली खाली लगती।

अगली सवेर नौ बजे प्रदर्शनी का उद्घाटन था। उस रात जगदीप का स्टूडियो चित्रों से खाली था। सारे चित्र प्रदर्शनी की गैलरी में चले गए थे, लोगों से अपना मूल्य अंकवाने के लिए।

खाली स्टूडियो में बैठे जगदीप को लगा, उसके गिर्द एक वीरानी थी, भयानक वीरानी और फिर उस वीरानी में सोच की एक लहर आई, दूसरी लहर, तीसरी लहर और सब ओर जल-थल हो गया।

जगदीप के पैर उखड़ गए। कोई लहर इधर को धकेल देती, कोई उधर को, और उसका सारा दिल लहरों के रहम पर था।

अंधेरा गिरता गया, लहरें और ऊंची, काली तथा डरावनी होती गई। जगदीप को लगा, यह शायद उसकी ज़िन्दगी का अन्त था। उसने सब कुछ लहरों के सुपुर्द कर दिया। उसका सारा जिस्म लहरों के थपेड़ों से हांफ गया था।

फिर एक 'जलपरी' ने लहरों को चीरा। उसके पैरों में से घुंघरुओं की झंकार आई। उसके सारे शरीर ने जैसे पानी की बूंदों की एक पोशाक पहन रखी थी, जिसमें उसके सीपी जैसे सफेद चमकते जिस्म की आभा मिलती थी। उसने जगदीप को अपनी बांहों में संभाल लिया। लहरों के सारे थपेड़े मुलायम हो गए, और मुलायम, फूल-पत्तियों-से मुलायम, और वह जलपरी के बाजुओं में पत्तों पर पड़ी ओस की भांति अचल था।

जलपरी ने अपने होंठों को झुकाया, और झुकाया, जगदीप को लगा, उसके होंठों से बड़े मुलायम और ठंडे होंठ छुए।

—तू खुश नहीं?—जलपरी की आवाज़ आई।

—तू कौन है?'

—मैं तुझे प्यार करती हूं।

—मुझे?

—हां।

—तू नूरां नहीं?

—नहीं, मैं नूरां नहीं।

—तू रेखा भी नहीं?

—नहीं, मैं रेखा भी नहीं।

—फिर तू कौन है?

—मैं तुझे प्यार करती हूं।

—मैंने तुझे कभी नहीं देखा।

—मुझे इसी बात का दुःख है, तू मुझे देखता नहीं।

—तू कहां रहती है?

—तेरे चारों ओर।

—झूठ।

—तू मुझे सच क्यों नहीं मानता?

—तू सच नहीं।

—मैं सुबह तेरे साथ हूंगी।

—सुबह?

—सुबह नौ बजे।

—सुबह मेरे चित्रों की प्रदर्शनी है।

—हमारे देश का सबसे बड़ा आदमी उस प्रदर्शनी का उद्घाटन करेगा, मैं एक सुगन्धि की भांति तेरे चारों ओर फैल जाऊंगी।

—सुगन्धि?

—तू एक फूल है, मैं तेरी महक हूं।'

—तेरा नाम क्या है?

—शोहरत।

—शोहरत?

—मैं तुझे दुनिया का 'वरदान' बनकर मिली हूं।

—वरदान?

—तू देखता नहीं, कितने कलाकार तपस्या करते मर जाते हैं, मैं उन्हें कभी मिलती नहीं।

—पर मैंने तो कोई वरदान नहीं मांगा था?

—जो मेरे पीछे भागते हैं, मैं उन्हें कभी नहीं मिलती। मैं इसलिए तुझे मिली हूं कि तूने मुझे मांगा नहीं था।

—पर जो कुछ मैंने मांगा था?

—तूने क्या मांगा था?

—अभी तूने कहा था कि तू एक फूल है।

—हां।

—मैंने मांगा था कि कोई मुझे तोड़ ले, मुझे अपने बालों में टांक ले और मैं उसके बालों में ही समा जाऊं।

—फिर पता है क्या होता?

—क्या होता?

—उसकी महक सिर्फ एक को ही आती, सिर्फ एक आदमी को।

—हां।

—पर अब तेरी महक सारे बाग में फैलेगी, सारी दुनिया में।

—मुझे क्या मिलेगा?

—शोभा।

—तू अपना वरदान लौटा ले।

—नहीं।

—यह वरदान एक पत्थर है जो मेरी जान से उठाया नहीं जाता।

—प्राण कोई अधिक देर तो रहते नहीं—चालीस, पचास साठ बरस, मैं सदियों तक तेरे साथ जुड़ी रहूंगी।

—जब मैं ही नहीं हूंगा तो मैं अपने नाम को क्या करूंगा? सारी उम्र तेरा बोझ उठाए मर जाऊंगा।

—तू समझता क्यों नहीं, मैं तुझपर मेहरबान हूं, तेरा वरदान।

—वरदान नहीं, शाप!

और जगदीप ने जलपरी की बांहों से अपने को छुड़ाने का प्रयत्न किया।

अपनी बांहों का सारा ज़ोर लगाते हुए जगदीप की आंख खुल गई। सवेर की रोशनी उसकी खिड़की में से आती हुई उसके कमरे में फैल गई थी। जगदीप ने कमरे में एक बार देखा, कमरा चित्रों से खाली था। उसके दिल में एक टीस उठी: आज उसकी कला भी उसे अकेला छोड़कर लोगों से अपना मूल्य अंकवाने चली गई थी।

प्रेम ने आकर जब जगदीप को देखा, विस्मित रह गया।

'आठ बज गए हैं जगदीप!'

'अच्छा।'

'तेरा नौकर दो बार चाय लाया है। पड़ी-पड़ी ठंडी हो जाती है, तू पीता ही नहीं।'

'पी लूंगा।'

'नौ बजने से दस मिनट पहले ही वहां पहुंचना है।'

'अच्छा।'

'लोग तुझसे होड़ करते हैं।'

‘क्यों?’

‘यह भी कोई पूछने की बात है! तेरी उम्र के किसी कलाकार को इतनी प्रसिद्धि मिली है? इतनी प्रसिद्धि? ··· शहर के सब कलाकार तेरे नाम से जलते हैं।’

प्रेम ने जगदीप की बांह पकड़ी और हाथ में तौलिया पकड़ाकर उसे गुसलखाने में भेजा।

नौ बजने में कोई पांच मिनट थे, जब जगदीप को लिए प्रेम प्रदर्शनी की गलरी में पहुंचा। फोटोग्राफरों के कैमरों में बारी-बारी से बल्ब जलता था और बुझ जाता था।

जगदीप को लगा जैसे एक-एक तारा उसके आसमान पर चढ़ता और फिर टूटता जाता था।

देश के प्रिय नेता को जी भरकर देखने की जगदीप को पुरानी ख्वाहिश थी। आज यही प्रिय नेता उसके चित्रों की प्रदर्शनी का उद्घाटन करने आया था। जब उसने एक बार जगदीप को अपनी बांह में लिया और फिर प्रदर्शनी-गैलरी के द्वार के आगे लगे हुए रिबन को खोला, जगदीप को लगा, एक बार उसका आसमान रोशनी से जगमगा गया। दूसरे क्षण ही वह सूरज डूब गया और आसमान पहले से ज़्यादा अंधकारमय हो गया।

गैलरी लोगों से भर गई। किसीकी आंखें किसी चित्र की ओर तो किसीकी किसी चित्र की ओर थीं।

‘जगदीप! ···’ धीमी-सी आवाज़ आई।

‘रेखा···’ जगदीप ने देखा, रेखा उसके कन्धे के पास खड़ी होकर आवाज़ दे रही थी।

‘तुम्हें क्या हो गया रेखा···’ जगदीप से देखा नहीं गया। रेखा के मुंह पर जाने किस रोग के लक्षण थे। काले रंग की गर्म शाल उसने ओढ़ रखी थी और एक दूसरी लड़की ने उसे अपनी बांह का सहारा दिया हुआ था।

'कोई एक बरस से इन्हें ज्वर आ रहा है। आज भी उठने की हिम्मत नहीं थी, पर इनकी ज़िद थी यहां आने के लिए।' रेखा की सहेली ने कहा।

जगदीप से बोला नहीं गया।

'मैं आज बहुत खुश हूं, जगदीप! मुझे बहुत तमन्ना थी आज का दिन देखने की। मेरे साथ होकर मुझे सारे चित्र दिखलाओ।'

जगदीप को लगा, उसके आंसुओं ने उसकी आंखें देख ली थीं और उसके होंठों में बोलने की शक्ति नहीं थी।

'यह पीछे फूलों का पेड़···यह चित्र कब बनाया था?' रेखा धीरे-धीरे चलती गई और चित्र देखती गई।

'यह हाउसबोट···यह बारादरी की खिड़की—यह बड़ी सुन्दर है जगदीप—अन्धकार वाला चित्र—जैसे उसकी तहें भी दिख रही हों···और चित्र के नीचे रेखा ने पढ़ा—'रोशनी की एक लकीर लाख अंधेरे चीरती है।'—उसकी अपनी पंक्ति।

अपनी शाल के आंचल से रेखा ने एक बार अपनी आंखें पोंछीं।

सामने 'सपना' चित्र था। सितारों की पोशाक पहने खड़ी लड़की।

'यह वह चित्र तो नहीं जो इच्छाबल के उस कमरे में लगा हुआ था?'

'नहीं, फिर से बनाया है।'

न रेखा से कदम उठाया गया, न जगदीप से। फिर जगदीप ने धीमे से कहा:

'कुछ अन्तर लगता है?'

'हां।'

'क्या?'

'जैसे एक मुंह में कोई दूसरा मुंह घोल दिया गया हो।'

एक बार तो जगदीप को लगा, उसका परिश्रम सफल हुआ। रेखा ने नूरां के मुंह में मिला हुआ अपना मुंह पहचान लिया था। साथ ही उस क्षण जगदीप के मन में एक सवाल पैदा हुआ—'कौन-सी जगह? इस परिश्रम के लिए रेखा के पास कौन-सी जगह थी? ज़िन्दगी के पास कौन-सी जगह थी?'

अगला चित्र सरू के पेड़ के पास खड़ी होकर हरे दानों की माला पिरो रही लड़की का था।

'सरू के दाने···' रेखा ने कहा।

'माला तो मैंने स्वयं पिरोई थी। तुमने नहीं।' जगदीप के स्वर में एक उलाहना-सा था।

रेखा से कितनी देर कोई जवाब नहीं बन पड़ा, फिर धीमे से कहने लगी—'मेरे पास हाथ ही कहां थे माला पिरोने के लिए।···'

रेखा से खड़ा नहीं रहा गया। उसने दीवार का सहारा लिया। रेखा की सहेली ने रेखा से बड़े मिन्नत के स्वर में कहा—'अब लौट चलें, तकलीफ बढ़ जाएगी।'

'कहां जाना है?'

'मैं यहीं हूं दिल्ली में।'

'कब से?'

'चार महीने हो गए हैं।'

'चार महीने?'

'कहते हैं—यहां अच्छे डाक्टर हैं।'

'मुझे खबर क्यों नहीं दी?'

रेखा ने कितनी देर खामोश रहकर कहा—'सोचती थी, आप मुझे बीमारी की दशा में न देखें।'

'पगली!'जगदीप के मुंह से निकला। सहेली ने रेखा की बांह पकड़ी और उसे चलने को कहा।

'मैं साथ चलूं?' जगदीप ने पूछा।

'आपका यहीं रहना ठीक है, सब लोग आपके लिए आए हैं।'

'मैं यहां कया करूंगा, चित्र लगे हुए हैं, स्वयं लोग देखते रहेंगे।'

'मेरे साथ चलेंगे?' रेखा ने धीमे से कहा।

जगदीप ने जैसे रेखा के मुंह की ओर देखा। रेखा को लगा, जैसे दुनिया में एक क्षण उसने जी लिया हो।

रेखा को उसकी सहेली बांह का सहारा दिए रही। रेखा धीरे-धीरे चलती बाहर के दरवाज़े तक आई। जगदीप उसके साथ था।

'आपकी एक पेंटिंग तो मैंने पहले देखी थी, आज सब देख ली हैं।' रेखा की सहेली ने रास्ते में जगदीप से कहा।

'एक पहले देखी थी? कब?'

सहेली ने हंसकर रेखा की ओर इशारा करते हुए जगदीप से कहा—'रेखा भी तो एक पेंटिंग है, यह भी तो आपकी है।'

जगदीप को लगा, आज दुनिया की सबसे बढ़िया पेंटिंग पर जैसे किसीने उसका नाम लिख दिया हो। उसने रेखा को हौले से अपने पहलू में ले लिया।

13

जिस दिन जगदीप रेखा को छोड़कर अपने घर लौट रहा था, रास्ते में पानी टपकने लगा। मेंह की फुहार इतनी तीखी थी, चार कदम चलना भी मुश्किल हो गया। सड़कों पर जा रहे लोगों ने निकट की दुकानों के बरामदों में सहारा लिया। पर जहां पर जगदीप था, कोई बरामदा उसके निकट नहीं था। एक वृक्ष था। जगदीप जसके नीचे खड़ा हो गया। मेंह क्या था, तूफान था। वृक्ष के नीचे खड़ा हुआ जगदीप निचुड़ने लग गया। सर्दियों के दिन गया। जगदीप का शरीर कांपने लगा। नज़दीक कोई सहारा नहीं था।

सड़क पर से कुछ कारें गुज़र रही थीं। जहां जगदीप खड़ा था, बायें हाथ सड़क का चौक था। सामने कुछ कारें रुक गईं, सिपाही का हाथ दूसरी ओर था और रुकी कारों वाले अपने हाथ की इन्तज़ार में थे। सामने लाल रंग की कार में, जगदीप ने देखा, रामिन्दर बैठी थी—अगली सीट पर। वह कार स्वयं चला रही थी, ड्राइवर पिछली सीट पर बैठा था। यद्यपि बहुत बरस हो गए थे रामिन्दर को देखे, पर जगदीप ने उसे पहचान लिया। फिर रामिन्दर की निगाह बाईं ओर गई, वृक्ष के नीचे, जहां जगदीप खड़ा हुआ था। रामिन्दर ने जैसे चौंककर देखा। जगदीप को संदेह न रहा कि रामिन्दर ने भी उसे पहचान लिया था। एक झटके के साथ रामिन्दर ने मुंह फेर लिया। सिपाही ने हाथ दे दिया था। तेज़ी के साथ रामिन्दर की कार वहां से गुज़र गई।

पानी से निचुड़ते और सर्दी से कांपते जगदीप को हंसी आ गई। उसे याद आया, रामिन्दर के मॉडल से उसने जो पहला चित्र बनाया था, उसका नाम 'दुनिया' रखा था। उस समय उसे मालूम नहीं था, दुनिया का व्यवहार कैसा होता है। दुनिया उसे खरीद लेना चाहती थी, उसे गुलाम बना लेना चाहती थी, उसके 'सपने' को टुकड़े-टुकड़े कर देना चाहती थी। फिर जगदीप को लगा, दुनिया ताश के पत्तों के खेल की तरह होती है, रामिन्दर रमी-ताश के पत्तों का एक खेल है। यद्यपि कोई कितनी भी समझदारी से खेले, अगर उसके पत्ते ही छोटे हों, वह क्या कर सकता है। कोई भी समझदारी उसके छोटे पत्तों को बड़ा नहीं बना सकती···

फिर एक खाली टैक्सी गुज़री, जगदीप ने हाथ दिया और टैक्सी में बैठकर अपने घर आ गया।

उस रात प्रेम ने आकर जगदीप मे कहा :

'सुबह क्या किया?'

'क्यों?'

'प्रदर्शनी-गैलरी में से चला क्यों आया?'

'पर इसमें क्या बात थी?'

'लोग बातें करते थे।'

'लोगों को इससे क्या वास्ता था?'

'तू नहीं जानता जगदीप। लोगों को करने के लिए कोई बात चाहिए।'

'पर वहां लोग कहां थे, या तो आर्टिस्ट थे या आर्ट के कद्रदान। मैं चला आया था, मुझसे उन्हें क्या, मेरा आर्ट तो वहां था।'

'कितने आर्टिस्ट होते हैं इस दुनिया में? और कितने आर्ट के कद्रदान?...बार-बार रेखा का नाम लेते थे।'

'रेखा का?'

'उसकी भी तो तेरे जितनी शोहरत है? वैसे किसीने देखा हो चाहे न, चित्रों से पहचान जाते हैं, कई बार उसके चित्र छपते हैं अखबारों में...'

'पर इसमें क्या गुनाह हुआ, रेखा बीमार है, इतनी बीमार...'

'लोगों को किसीके दुःख से वास्ता नहीं होता जगदीप।'

'आज मुझे कुछ न कह प्रेम!...'

घंटा-भर बारिश में भीगकर जगदीप को ज़रा-सा ज्वर हो आया था। प्रेम ने उसे ब्रांडी के दो चम्मच दिए और कमरे में कोयलों की एक अंगीठी रखवा दी।

प्रेम पिछले तीन बरस से जगदीप के घर पर ही रहता था। तीन बरस हुए, जब अपने दो कमरे बन्द करके और तीसरा कमरा प्रेम को देकर जगदीप दक्षिण की ओर गया था, प्रेम तभी से वहां रह रहा था। जगदीप जब वापस लौटा था, तब दिल्ली में मकान मिलने मुश्किल हो गए थे। वैसे भी जगदीप को प्रेम अच्छा लगता

था। उसमें कोई हुनर नहीं था, एक सरकारी दफ्तर में वह काम करता था, पर उसमें हुनरमंदों वाला दिल था,। दुनिया की अच्छी किताबों से उसका कमरा भरा हुआ था। रात को जगदीप को जब फुर्सत होती, तो वह उसे किताबों के सुन्दर से सुन्दर वाक्य सुनाता हुआ अच्छा लगता था।

उस रात प्रेम अपने कमरे में नहीं सोया, जगदीप के पलंग के पास पड़े सोफे पर ही सो गया। कोई आधी रात के समय प्रेम ने उठकर देखा, जगदीप को बहुत तेज़ बुखार चढ़ा हुआ था।

दूसरी सवेर जगदीप का वादा था रेखा के यहां जाने का। जगदीप ने प्रेम से कहा कि उसके लिए एक टैक्सी मंगवा दे।

'मरने की इतनी जल्दी क्या पड़ी है?' प्रेम ने गुस्से के साथ कहा और जगदीप को चाय का प्याला देखकर कहने लगा, 'मैं आध घंटे में आ जाऊंगा, दफ्तर में छुट्टी की अर्ज़ी दे आऊं और लौटते हुए डाक्टर को भी लेता आऊंगा। अगर तू यहां से हिला भी···'

'पर प्रेम···'

'अच्छा, मुझे घर का पता बता दे, मैं रेखा को खबर करता आऊंगा।'

'नहीं, नहीं···वह आगे ही बीमार है।'

'शाम तक तेरा बुखार उतर जाएगा—भई, कल सवेरे चले जाना।' प्रेम ने कंबल को अच्छी तरह से जगदीप के गिर्द लपेटा और कहा—बाहर से मैं ताला लगा जाऊंगा, अगर तूने ज़िद की और···'

प्रेम चला गया। आध घंटा या चालीस मिनट गुज़रे होंगे, जब प्रेम ने कमरे में आकर हौले से जगदीप के माथे पर हाथ रखा:

'डाक्टर आया है।'

'डाक्टर!'

'भीतर ले आऊं?

'ले आ।'

प्रेम ने छोटा सोफा पलंग के पास कर दिया और जब कमरे से बाहर जाने लगा, जगदीप ने आवाज़ दी—'प्रेम! ...'

'क्या बात है?'

'उधर गया था?'

'किधर?'

'क्यों सताता है?'

'अभी वक्त नहीं मिला; थोड़ी देर में हो आऊंगा।' प्रेम हंस दिया। जगदीप कुछ कहने लगा था, जब कि रेखा कमरे की दहलीज़ के पास आ गई।

प्रेम ने जगदीप के कान के पास होकर कहा:

'डाक्टर आया है।'

'तुम रेखा!'

'बुखार क्यों चढ़ा लिया?'

'कुछ भी नहीं रेखा, पर तुम क्यों आईं?'

'मेरी तबियत आज बहुत अच्छी थी—बहुत अच्छी।'

'फिर से खराब हो गई तो?'

'नहीं होती...आज नहीं होती...'रेखा सोफे पर बैठ गई।

प्रेम शायद चाय बनवाने चला गया था।

'बहुत भीग गए थे बारिश में?' रेखा ने हौले से कहा।

जगदीप को कल की बारिश याद आई फिर उसके पास से रामिन्दर का मुंह फेरकर कार ले जाना याद आया। उसे खयाल आया...जब कोई दुनिया का गुलाम नहीं बनता, दुनिया उससे मुंह मोड़ लेती है।...दुनिया मुंह मोड़ ले, वह अपने 'सपने' के टुकड़े नहीं होने देगा।...जगदीप के मन में एक रोष भर आया।

'ऐसी बारिश रोज़ ही···' जगदीप हंस दिया।

'और रोज़ बुखार चढ़े?'

'हां, तो रोज़ कोई खबर लेने आए।'

'तुम पैण्ट पहनकर क्यों सोए हो—तंग नहीं होते?'

'नहीं रेखा, मैं हमेशा इसी तरह सोता हूं।'

'पैण्ट पहनकर!' रेखा जैसे हैरान रह गई।

जगदीप हंस दिया—'मुझमें एक कम्प्लेक्स है रेखा। मैं पायजामा पहन ही नहीं सकता, खासकर लकीरोंवाला।'

'कैसा कम्प्लेक्स?'

'बता दूं?'

'ऐसी क्या बात है बतानेवाली!'

'बात तो कोई नहीं इतनी, पर अपना निशान छोड़ गई है। जब मैं नया-नया शहर में आया था, तो अपने स्कूल में पायजामा पहनकर गया था, लकीरों वाला पायजामा। मुझे क्या मालूम, शहरों में लोग लकीरों वाला पायजामा सोते वक्त पहनते है···'

'फिर? ···' रेखा हंस दी।

'मुझे बताए कोई नहीं, पर सब लड़के मुझे देखकर हंसें··· एक दिन गुज़रा, दो दिन और गुज़रे, लड़के मुझे इसी तरह से देखें। मेरा दिल करे कि मैं स्कूल से भाग जाऊं, शहर से भाग जाऊं। मैं मर जाऊं।' जगदीप हंसने लगा—'फिर मेरी ड्राइंग इतनी अच्छी थी, मेरे मास्टर ने मेरी कापी को बोर्ड पर लाकर रखा, मेरी पीठ थपथपाई। मैं उसके आगे रो दिया और अपना दिल खोल दिया।'

'उसने फिर बताया होगा कि···'

'हां रेखा! मैंने अगले दिन से पायजामा पहनना छोड़ दिया, और फिर बाहर तो क्या, कभी घर भी नहीं पहन सका, सोते समय

भी नहीं··· लकीरों वाला तो भला नहीं पहनता था, दूसरा भी नहीं पहन सकता।'

रेखा इतने बड़े चित्रकार के इतने बड़े कम्प्लेक्स पर खिल-खिलाकर हंस दी, और उसे जगदीप के मन की सादगी सारे हुनरों से बड़ी लगी।

इतनी देर में प्रेम ने आकर कहा, 'डाक्टर आया है।'

'कितने डाक्टर बुलाएगा?' जगदीप हंस दिया।

'अब एक नकली डाक्टर लाया हूं।' प्रेम भी हंस पड़ा।

डाक्टर ने आकर पांच-सात मिनट देखा। थर्मामीटर लगाया और फिर रेखा की ओर मुंह करके कहने लगा—'तीन-तीन घंटे बाद खुराक देना। अगर सिर में दर्द ज़्यादा हो तो थोड़ी-सी विक्स लगा देना।'

'अच्छा जी।' रेखा ने हौले से कहा और सिर नीचा डाल दिया।

डाक्टर चला गया। प्रेम भी उसीके साथ दवाई लेने चला गया। जगदीप ने देखा, रेखा की आंखें आंसुओं से छलछला आई थीं। दोनों ने कुछ कहना चाहा, पर कह न पाए। जगदीप ने रेखा को पकड़ लिया। रेखा ने अपना सिर सोफे की बांही से लगा लिया, आंसुओं की कितनी ही बूंदें रेखा के मुंह को भिगो गईं।

कोई पन्द्रह-बीस मिनट के पश्चात् प्रेम ने आकर दवाई की शीशी और विक्स की शीशी मेज़ पर रखी और हंसते हुए रेखा से कहने लगा, 'तीन-तीन घण्टे बाद खुराक दे देना—अगर सिर में दर्द ज़्यादा हो तो थोड़ी-सी विक्स लगा देना।'

रेखा हंस दी।

'तू कहां चला?' जगदीप ने प्रेम को डांट दिखाते हुए कहा।

'यार! दफ्तर से छुट्टी नहीं मिली, दफ्तर जाना है।'

'चल, बैठ यहां···'

तीनों हंस दिए और प्रेम कुर्सी पर बैठ गया।

जगदीप को दवाई की खुराक देकर रेखा ने पूछा, 'सिर में दर्द तो नहीं है ज़्यादा?'

जगदीप 'नहीं' कहने लगा था, उसे थोड़ी-सी हंसी आ गई और उसने कहा, 'बहुत सख़्त!'

रेखा हंस दी और अपनी पीली और कमज़ोर अंगुलियों से जगदीप के माथे पर विक्स लगाने लगी।

प्रेम ने नौकर से चाय बनाने के लिए कहा। जब चाय आई, रेखा से चाय का प्याला लेते हुए जगदीप ने कहा, 'अगर ऐसी सेवा हो तो तन्दुरुस्त होने की आवश्यकता···'

बीमारी ने रेखा को कुछ सांवला कर दिया था। रेखा की बांहों से जगदीप ने अपनी बांहों को मिलाते हुए कहा, 'चारों बांहों का रंग एक-सा है रेखा! बताओ, तुम्हारी कौन-सी हैं, और मेरी कौन-सी?'

पहले रेखा के दिल में आया कि वह कह दे: चारों तुम्हारी। पर फिर रेखा के मुंह पर उदासी की एक परछाईं पड़ी और उसने अपनी दोनों बांहों की ओर देखकर कहा, 'ये मेरी रहीं।' और फिर एक सांस खींचकर वह जगदीप की बांहों की ओर देखकर कहने लगी, 'और ये मेरी बनने से रहीं।'

जगदीप से रेखा की उदासी सहन नहीं हुई। उसने अपनी दोनों बांहें रेखा के गिर्द लपेट दीं।

···और फिर जो कुछ पहले रेखा कहने लगी थी, वह जगदीप के होंठों पर आ गया, 'चारों तुम्हारी!···'

रेखा को आए तीन घंटे हो गए थे, जब कि रेखा की सहेली लेने के लिए आई।

'डाक्टर को दो बजे आना है, तुम्हें इञ्जेक्शन लगाने, उसका फोन आया था। एक बज चुका···' सहेली ने रेखा से कहा और फिर जगदीप का हाल पूछने लग गई।

'तू शाम का वक्त तय कर लेती डाक्टर से!'—एक बार रेखा ने कहा।

'मैंने बहुत कहा, पर डाक्टर माना ही नहीं···और मैं कहती क्या? मरीज़ तो घर से भाग आया था···' सहेली ने हौले से रेखा का हाथ दबाया।

प्रेम जाकर एक छोटी टैक्सी ले आया। रेखा जब जाने लगी, जगदीप को लगा, ज़िन्दगी में पहली बार आज तीन घंटे के लिए उसका घर आबाद हुआ था।

14

एक-आध दिन में जगदीप का ज्वर उतर गया। अब वह रोज़ जाकर एक बार रेखा को देख आता था। रेखा के घर पर सिर्फ उसका पति था, नौकर थे और उसकी सहेली थी। सहेली ने जैसे अपने-आपको रेखा के सुपुर्द किया हुआ था। उसका पति आजकल लन्दन में था और उसने अपने पति को लिख दिया था कि जब तक रेखा बीमार है, वह अपने घर नहीं रहेगी, वह रेखा के पास रहेगी।

जगदीप के रेखा की ज़िन्दगी में फिर से आने के कारण उसके मुंह पर रौनक आ गई था, जैसे ज़िन्दगी ने उसकी झोली में कुछ दिनों की भिक्षा डाल दी हो। पर ज़िन्दगी इतनी मेहरबान नहीं थी, जितनी सबने सोच रखी थी। एक दिन अचानक ही रेखा को कै में इतना खून आया कि डाक्टर ने भी उम्मीद छोड़ दी।

जब से जगदीप की मां उससे छिन गई थी, जगदीप का भगवान पर से विश्वास जाता रहा था। जगदीप को लगा था: भगवान किसीकी नहीं सुनता, भगवान बच्चों की भी नहीं सुनता।—और उसके बाद उसने भगवान को कभी कुछ नहीं कहा था।

आज जगदीप की ज़िन्दगी में दूसरी बार परीक्षा का समय था। उसके दिल की पीड़ा ने भगवान से कहा:

—आज तुझे फिर से आज़माऊं? ···तूने एक बालक के सच्चे दिल की लाज नहीं रखी थी···आज मुहब्बत के सच्चे दिल की भी लाज रखेगा या नहीं? तू रेखा को ज़िन्दगी दे दे, मैं दुनिया में किसीका दिल नहीं दुखाऊंगा, मैं कभी रेखा के पति का दिल भी नहीं दुखाऊंगा···

एक दिन रेखा में पलंग पर से उठने की भी हिम्मत नहीं थी, पर उसने जगदीप से कहा:

'मेरा तुम्हारे स्टूडियो में जाने को दिल है।'

'इस हालत में?'

'प्रदर्शनी खत्म हो गई?'

'कब की।'

'चित्र वापस आ गए हैं?'

'हां।'

'मेरा देखने को दिल है···सब चित्र—पीले फूलों वाले पेड़ का चित्र, हाउसबोट वाला, सरू के पेड़ वाला···'

'मैं सारे चित्र यहीं ले आऊंगा।'

'मेरा दिल करता है कि तुम मेरे सामने बैठकर एक चित्र बनाओ।'

'मैं यहीं बना दूंगा।'

'नहीं, इस तरह नहीं—यहां तो मैं खाट पर हूं···तुम्हारे स्टूडियो में बैठकर—तुम्हें याद है, एक बार तुमने मुझे एक बात सुनाई थी···'

'क्या?'

'अपने गांव के चौबारे में बैठकर तुमने नूरां का चित्र बनाया था।'

'हां।'

'उसने सितारोंवाली चुनरी ओढ़ी थी···मैं वही सितारोंवाली चुनरी लूंगी···।'

'रेखा···!' जगदीप के आंसू उसकी आंखों में कांपने लग गए।

दूसरे दिन जगदीप ने कश्मीर के सारे चित्र लाकर रेखा के कमरे में लगा दिए। रेखा ने फिर से उन्हें देखा, और फिर कहने लगी:

'तुम्हें याद है···इसी पीले फूलोंवाले पेड़ के नीचे बैठकर तुमने क्या कहा था?'

'याद है, रेखा।'

'तुमने कहा था,···इतने फूल गिरें···इतने···मैं बीच में लिपट जाऊं···फूलों की कब्र बन जाए और मैं कब्र में सोया रहूं···'

'आज ज़्यादा बातें न करो रेखा, तुम्हारी तबियत ठीक नहीं है।'

'आज तुम फूलों से कहो···मेरी खाट पर गिरें···इतने···इतने···फूलों की कब्र बन जाए और मैं···'

जगदीप ने अपनी हथेली रेखा के होंठों पर रख दी।

'दीदी···एक अखबारवाले आए हैं, तुम्हारा हाल पूछते हैं और इण्टरव्यू मांगते हैं।' रेखा की सहेली ने आकर कहा।

'उन्हें कह दे, मैं इस समय फूलों की बातें कर रही हूं, कांटों की बातें करने के लिए मेरे पास समय नहीं···'

रेखा की सहेली अपने आंसू संभाल न पाई और उसी वक्त लौट गई।

दूसरे दिन जब जगदीप आया, उसने रेखा के पलंग के पास पड़े मेज़ को फूलों से भर दिया। रेखा ने फूल कई बार मुट्ठी में भरे। मुट्ठी भर लेती—खोल देती···फिर भर लेती।

'आज मैं बहुत खुश हूं···मुझे पिछली रात यही लगता रहा था, जैसे मैं पीले फूलोंवाले पेड़ के नीचे सो रही हूं···नीचे फूलों का बिछौना हो, ऊपर फूलों की चद्दर हो···'

'तुम्हें वह चित्र याद है रेखा? — सपना?'

'हां···तारों की पोशाकवाला—पहले वह सिर्फ नूरां थी, फिर तुमने उसमें मेरी आकृति भी मिला दी थी।'

'वह सरकार ने नेशनल आर्ट गैलरी के लिए मांग लिया है।'

'मेरा नाम भी समय की दीवार पर लिखा गया।' रेखा हंस दी।

'पर ज़िन्दगी की दीवार पर अपना नाम कोई नहीं लिख सकता दीप···समय की दीवारों को कोई क्या करे!' रेखा की आंखें भर आईं।

जगदीप से कुछ नहीं बोला गया।

'तुमने सितारोंवाली चुनरी के साथ मेरा एक चित्र बना रहे हो न···' रेखा ने कहा।

जगदीप से कुछ भी नहीं बोला गया। सिर के इशारे से कहा, 'हां।'

उस रात रेखा को खून की कै आई और वह बेहोश हो गई। दूसरे दिन सवेरे जब जगदीप आया, रेखा बेहोश थी और उसके गिर्द डाक्टर ही डाक्टर थे।

रेखा की सांस अटककर देर से आने लगी, और देर से! जगदीप का सारा मन बिलख उठा: आज मैंने भगवान को दूसरी बार आज़मा लिया, न वह मासूम दिलों की सुनता है और न सच्चे दिलों की।···

रेखा की सांस रुक गई। जगदीप की चलती सांस में से जैसे प्राण ही जाते रहे।

इस वक्त जगदीप की दशा को अगर कोई जानता था, वह

रेखा की सहेली थी। उसे लगा, वह रो सकती थी, जी भरकर रो सकती थी, पर जगदीप रो भी नहीं सकता था। वह जगदीप के पास आकर खड़ी हो गई।

'एक बात मानोगी?' जगदीप के मुंह से निकला।

'बताओ।'

'रेखा ने सितारोंवाली चुनरी मांगी थीं।'

'हां।'

'वह रेखा को दे दो।'

जगदीप के लिए जाना मुश्किल था। रेखा की सहेली ने जगदीप से चाबी ली और उसके घर से जाकर उसके ट्रंक में से सितारों वाली चुनरी निकाल लाई। जगदीन को लगा: उसकी मां ने पाज़ेबें और चुनरी—दो अमानतें उसके लिए रखी थीं। पाज़ेबें उसकी शोहरत ने पहन ली थीं और चुनरी आज रेखा ने ले ली थी।

'यह चुनरी बड़ी देर से रेखा ने रखी हुई थी और मुझे कहा था, मैं अंतिम समय उसपर दे दूं।' रेखा की सहेली ने रेखा के पति से कहा और रेखा के सिर पर चुनरी देते हुए उसे लगा, आज उसने झूठ बोला था, पर शायद इससे बढ़कर सच कोई नहीं था।

अब अखबारवालों को रोकनेवाला कोई नहीं था। वे कलमें ले आए, कैमरे ले आए। जगदीप रेखा के सिर पर लपेटी हुई सितारों वाली चुनरी को देखता था जब कि रेखा की सहेली ने छोटा-सा कागज़ जगदीप के हाथ में देते हुए कहा, 'रात को जब रेखा की हालत खराब हो गई थी, उसने दो पंक्तियां लिखी थीं और कहा था कि तुम्हें दे दूं।'

जगदीप ने कागज़ खोल लिया। उसमें लिखा था:

'सूरज देवता द्वार पर आ गया,
किसी किरण ने उठकर स्वागत न किया,
हमारी मुहब्बत ने एक सवाल किया,

किसी भगवान से जवाब न बन पड़ा।'

समय सहमकर रुक गया, जैसे सवाल को पढ़ने के लिए खड़ा हो गया हो और फिर सिर नीचा किए अपनी चाल चल दिया, जैसे उसके पास इस सवाल का कोई जवाब न था।

०००